마지막 왈츠

마지막 왈츠

세 대 를 초 월 한 두 친 구 ,
문 학 의 숲 에 서 인 생 을 만 나 다

황 광 수 × 정 여 울

영원한 문학청년 황광수와 정여울의 특별한 우정 이야기

일러두기

1. 인터뷰는 계간《민주》(9호) 2013년 가을호에 실린 글을 수정했다.
2. 에세이는 모두 황광수 선생님의 글이며, 평소 시의 형식을 빌어 에세이를 쓰고 싶다는 뜻을 존중하여 편집했다.
3. 각주는 별도의 표시(황광수 주)가 없는 한 편집자가 작성한 것이다.
4. 《마지막 왈츠》를 편집하던 중 황광수 선생님이 영면하셨다. 정여울 작가의 〈황광수 선생님을 떠나보내며〉를 제외하고는 모두 황광수 선생님이 암 투병 중일 때 쓰였다. 황광수 선생님의 쾌유를 간절히 바랐던 정여울 작가의 애절한 마음을 존중하는 의미에서 글의 시제를 바꾸지 않고 그대로 담았다. 독자들의 넓은 이해를 바란다.

이 책을 황광수 선생님의 사랑하는 가족들,

조정숙 사모님,

그리고 두 아들 황창원 님과 황상현 님께 바칩니다.

차례

44년생 완도 남자와
76년생 서울 여인, '절친'이 되다

우리 사이엔 삼십이 년의 나이 차가 있다. 44년생 완도 출신 황광수와 76년생 서울 출신 정여울 사이에는 삼십이 년이라는 기나긴 시간이 거대한 강물처럼 가로놓여 있었다. 하지만 우리는 만나자마자 절친이 되었다. 만난 지 한 달도 안 되어서, 별의별 비밀을 다 털어놓는 친구가 되었다. 독립운동가였던 아버지와 빨치산이었던 큰형을 모두 한국사의 격랑 중에 잃어버린 파란만장한 가족사, 다시는 마주치고 싶지 않은 철천지 원수 같은 사람들에 얽힌 상처들까지. 선생님은 경이로운 입담과 찬란한 묘사력으로 내게 그 모든 이야기의 섬세한 디테일들을 빠짐없이 들려주셨다. 나는 때로는 눈물을 뚝뚝 흘리고, 때로는 배꼽을 잡고 박장대소하며, 선생님의 놀라운 인생 이야기를 그저 듣기만 해도 좋았다. 사실 나는 선생님을 처음 만난 그날 깨달았다. 우리는 영원한 친구가 될 것임을.

내 글에 집요하게 악성댓글을 다는 사람들 때문에 내가 잔뜩 풀이 죽어 있을 때, 너무 괴로워서 차라리 내 평생의 가장 소중한 꿈인 글쓰기를 포기해버리고 싶었을 때. 선생님은 순댓국집에서 소주 한 잔을 가득 따라주시며 말씀해주셨다.

"여울아, 나는 악성댓글조차 받아본 적이 없어. 사람들이 날 모르거든. 칠십 평생 글을 써왔는데도, 나를 모르는 사람들이 대부분이야. 문학평론가들이나 작가들, 혹은 내 제자들이 아니면, 내 글을 읽어주는 사람이 별로 없어. 책을 낼 때마다 스무 명 넘는 사람들한테 일일이 손으로 사인해서 책을 보내주는데도, 잘 받았다거나 고맙다는 인사를 하는 사람조차 거의 없어. 하지만 넌 악성댓글보다 독자들의 사랑을 훨씬 많이 받잖아. 그리고 내가 있잖아. 네 모든 글의 첫 번째 독자인, 내가 있잖아."

물론 내 글에 악성댓글을 단 사람들을 향한 찰진 저주의 욕설도 빼놓지 않으셨다(아, 어찌나 찰지던지! 선생님이 아주 가끔 화가 나실 때 전라도 사투리로 욕을 하시는데, 그 영롱한 전라도 사투리의 찬란함을 나만 만끽하는 것이 아까울 정도로 아름답기 그지없다). 나는 그런 사랑을 받은 사람이다. 그 사랑 때문에 나는 무너지지 않을 수 있었다. 나는 부모님께도 결코 피울 수 없는 어리광을, 선생님 앞에서는 마음껏 부렸다. 귀엽지도 않은 내 모든 어리광을 선생님은 어여삐 여겨주시고, 애틋하게 보듬어 주셨다.

그런 그가, 내겐 하나뿐인 그 사람이, 견딜 수 없이 아프다. '아프다'라는 이 세상의 말로는 그의 아픔을 도저히 설명할 수 없을 정도로. "여울아, 이제는 그냥 이 고통이 끝났으면 좋겠어. 이제는 더 바랄 게 없어. 그런데 너와 약속한 그 책만은, 꼭 마치고 떠나고 싶었는데." 내 주변의 사람들 중 가장 철저하게, 고통을 절대 내색하지 않는 그가, 내게 털어놓았다. 이번 생에 더는 바랄 것이 없으니, 그저 이 아픔이 끝나버렸으면 좋겠다고. 나는 너무 놀라 수화기를 떨어뜨릴 뻔했다. 결코 이럴 분이 아닌데. 이렇게 다 놓아버릴 분이 아닌데. 참담한 고통이 그 아름다운 영혼의 척추를 부러뜨려버린 것일까. 사 년 전 그는 전립선암 수술을 받았다. 고환까지 절제하는 대수술이었다. 육체뿐 아니라 정신까지 갈가리 찢어놓는, 그런 대수술을 꿋꿋이 견디신 분인데. 게다가 굳이 6인실 병동을 고집하며 그 수많은 사람의 복닥거림과 비명 속에서도 끝끝내 마음의 평온을 지켜내신 분인데.

수술 직후만 해도 우리는 희망을 가졌다. 수술 경과가 좋았기 때문이다. 하지만 몇 달 뒤, 암은 갑작스레 거침없이 척추로 전이되기 시작했다. 그 후 무려 열 번의 항암치료를 받으며, 태산처럼 든든하던 그의 몸은 무너지기 시작했다. 함께 등산을 하면 나보다 더 빠른 속도로 그야말로 가볍고 경쾌하게 정상에 올라가시던 선생님이, 이제는 산책조차 꿈꾸기 힘들 정도로 쇠약해지셨다. 가장 힘든 것은 전화 통화조차 할 수 없다는 것이다. 목소리가 제대로 나오지 않아서. 나는 힘들 때마다 선생님께 전화해서 미주알고주알 온갖 사연을 늘어놓았는데, 이젠 내 영혼의 멘토가 매 순간 사경을 헤매고 있다. 나는 이 사실이 여전히 믿어지지 않지만 간신히 몸과 마음을 추슬러 이 글을 쓰고 있다. '우리'가 약속한 이 책을 반드시 끝내야 하니까.

수술 직후 몇 달간은 나와 함께 플라톤의 《향연》에서부터 헤르만 헤세의 《유리알유희》에 이르기까지, 미카엘 엔데의 《모모》와 노벨문학상 수상작가 루이즈 글릭의 아직 번역되지 않은 시까지, 고전을 함께 읽는 세미나까지 이끌어주셨는데. 올해 초부터 그의 체력은 급격히 악화되었고, 급기야 이제는 통화 자체가 불가능해져버렸다. 목소리가 나오지 않을 정도로, 음식을 거의 삼키지 못하실 정도로, 선생님의 체력은 극도로 약화되었다. 나는 사모님(음악교사이시며 교장선생님이시기도 했던 조정숙 선생님)께 수줍게 카카오톡 메시지를 보내며 선생님의 안부를 물을 수밖에 없다.

사모님의 메시지는 더욱 가슴 아팠다. "정여울 작가님, 이제 혼자서 책을 준비하셔야 할 것 같아요. 하지만 서둘러 끝마쳐 주실 수 없을까요. 시간이 많이 남지 않은 것 같아요." 사모님의 메시지를 읽고 나는 소스라쳤다. 책을 마치려면 우린 아직 아주 많은 이야기를 나누고, 여러 가지 상의를 해야 하는데. 목차도 제목도 문장 하나하나도, 더 세심하게 다듬어야 하는데. 나 혼자서는 너무 버거운데. 게다가 이번 책만이 아니라, 우리가 함께 만들어야 할 책들이 얼마나 많은데. 내가 선생님께 여전히 듣고 싶은 이야기들이 얼마나 많은데.

이 책은 우리 두 사람이 함께 나눈 아주 오랜 '우정의 왈츠'다. 내 능력이 닿지 못해, 선생님의 마지막 체력이 허락하지 못해, 그 수많은 우정의 대화를 미처 다 갈무리

하지 못한 것이 원통하다. 선생님의 모든 말씀은 왈츠처럼 우아하고 예의 바르며 기품이 넘쳤다. 뼈아픈 실수를 돌이켜볼 때조차도, 두 눈 질끈 감고 싶은 지독한 상처를 회상할 때조차도, 무시무시하게 어려운 문학작품과 철학이론에 대해 설명해주실 때조차도. 선생님이 그 부리부리한 눈망울과 가냘픈 손가락으로 내게 가르쳐주시던 '내가 알 수 없는 세계'를 향한 모든 이야기는 위대한 지성의 왈츠였다. 아직 내가 한참 모자란 사람이기에, 차마 왈츠를 대등한 입장에서 출 수는 없었다. 선생님이 능숙하게 리드하고, 나는 선생님의 발을 여러 번 밟으며 멋쩍게 웃는다.

선생님의 발가락은 유난히 얇고 살이 없어서, 내가 형편없는 스텝으로 선생님의 발을 밟을 때마다 으스러지게 아플 것 같지만. 선생님은 나 때문에 황당하셨을 때도, 나때문에 괴로우셨을 때도, 단 한 번도 나를 야단치거나 원망하지 않으셨다. 다만 우아하게, 다만 눈부시게, 그저 '다음 왈츠'를 추자고 하셨다. 나를 비난하고 괴롭히면서도 '이게 다 널 사랑해서 그래'라는 눈빛으로 모든 것을 무마하려고 했던 파렴치한 사람들과 달리, 선생님은 절대로 화내지 않는 사랑, 결코 얼굴 붉히지 않는 사랑이 이 세상에 분명 존재함을 온몸으로 가르쳐주셨다. 선생님을 통해 나는 깨달았다. 진정한 사랑에는 본래 그 어떤 어둠도 없음을. 어둠조차 참아내는 사랑을 강요하는 세상 앞에서, 선생님은 어둠 없는 사랑의 티 없는 모범답안을 보여주셨다.

　나는 이제야 안다. 내 몸을 칭칭 감고 있는 그 모든 어둠의 기억조차도 햇살처럼 환하게 변신시켜버리는, 선생님의 그 무한한 다정함이 진짜 사랑임을. 어리다는 이유로, 여자라는 이유로, 그냥 마음에 들지 않는다는 이유로, 내가 세상에서 자꾸만 까이고, 무시당하고, 짓밟힐 때도, 선생님은 변함없는 예의 바름과 믿을 수 없는 친절함으로 내 모든 슬픔과 분노를 지극히 존중해주셨다. 선생님은 내가 연인에게도 친구에게도 받지 못했던 그 모든 사랑을 한꺼번에 되돌려주시면서도, 그것이 '특별히 나에게만 주는 것'이라고 생각하지 않으셨다. 아마 선생님의 글을 한 편이라도 읽은 사람이라면, 선생님의 강의를 한 번이라도 들은 사람이라면, 분명 알 것이다. 인간 황광수는 자신에게 불친절한 모든 사람에게, 온 힘을 다해 친절하고 다정하기 위해, 끝까지 투쟁했음을.

　선생님은 "당신의 수명은 일 년, 혹은 길어야 삼 년 정도다"라고 일갈하는 냉정한 담당의사의 태도 앞에서도 존엄과 품위를 잃지 않으셨다. 오히려 예의 바르게 "감사합니다"라는 인사를 남기고 조용히 문을 닫고 나오셨다. "일 년이라니, 삼 년이라니, 말도 안 돼요! 그 의사는 박사라면서, 최고라면서, 매일 죽어가는 생명을 다루는 사람이라면서, 어떻게 사람의 목숨을 그렇게 함부로 단정할수 있어요?" 그렇게 분노를 참지 못했던 나를 향해, 선생님은 따스하게 미소 지으며 말씀하셨다. "그것도 긴 거야. 충분히 긴 거야." 선생님의 이해할 수 없는 너그러움과 도저히 흉내 낼 수 없는 평온함에, 나는 입을 다물었다.

나에게는 미친 듯이 짧은데, 나에게는 십 년도 이십 년도 모자란데. 내가 이 세상에 살아 있는 한 선생님도 제발 살아계시기를 갈망하는 내 앙큼한 이기심을, 선생님은 아셨을까. 아무런 혈연도 지연도 얽히지 않았음에도, 나를 조건 없이 사랑해주는 이 한 사람을 잃지 않기 위해, 내가 얼마나 노심초사하며 선생님께 사랑받는 존재가 되기 위해 투쟁했는지, 선생님은 아실 것이다. 선생님은 끝까지 단정하시고, 끝까지 품격을 잃지 않으시며, 그렇게 하루하루 우리의 눈부신 왈츠가 완성되기를 기다리신다.

내가 문학평론가 황광수를 '선생님'이라고 부를 때는,

'선생님'이라는 단어가 가지고 있는 세상에서 가장 아름다운 의미만을 모아서, 너무도 간절히 그렇게 부르는 것이다. 교수가 되기 위해, 학위나 점수를 따기 위해, 그를 편의상, 효율적으로 선생이라 부르는 것이 아니다. 그가 나보다 먼저 태어났기에 선생先生이 아니라, 그가 늘 항상 언제나 내 앞에서 살며[先生], 인간 방패처럼, 호위무사처럼, 내 모든 고통을 대신 아파해주었기에 그를 선생이라 부르는 것이다. 내가 최고의 스승으로 생각하는 이 세상 단 한 사람, 그가 황광수이기 때문이다.

– 문학평론가 황광수를 대신하여, 작가 정여울 쓰다.
2021년 가을의 길목에서

일상 속 북클럽을 꿈꾸는 사람들에게,
'둘만의 향연'을 제안하다

내 마음속 유토피아 중 하나는 플라톤의 《향연》이다. 그 모든 경계와 억압이 어느덧 훌쩍 사라지는 듯한 분위기가 좋다. 우리가 어떤 이야기를 해도 그 누구도 우리를 벌하거나 검열하거나 괴롭히지 않을 것이라는 편안함, 이 모임 안에서는 어떤 위계나 서열도 힘을 쓸 수 없다는 무언의 공감대 같은 것이 느껴진다. 《향연》에도 물론 '소크라테스의 사랑을 얻기 위한 미묘한 경쟁심'을 숨기지 못하는 제자들이 서로 은근히 질투하는 모습이 가끔 보이기도 하지만, 그것은 《향연》 전체가 품은 기탄없는 분위기에 비하면 거의 애교 수준이다. 이런 긴장감마저 없다면 모임의 '감초'가 사라질 수도 있을 것이다. 유토피아는 갈등이 전혀 없는 상태가 아니라 갈등을 해결할 수 있는 열쇠를 언제든 발견할 수 있다는 믿음 속에 있지 않을까. 플라톤의 《향연》에는 지금은 완전히 동의할 수 없는 여러 가지 사랑에 대한 편견도 담겨 있지만, 내가 주목하고 싶은 것은 《향연》을 가능케 한 심리적 원동력이다. 그 오랜 옛날 아테네 사람들은 어쩌면 이렇게도 자연스럽고 흥겨운 분위기 속에서 철학을 논할 수 있었을까.

플라톤의 《향연》이 여전히 나를 사로잡는 이유, 그것은 모두가 '노는 것처럼, 수다 떠는 것처럼, 철학과 인생과 사랑을 논할 수 있는 자유' 때문이다. 이 모임에는 어떤 격식도 느껴지지 않는다. 향연을 떠받치고 있는 정서는 길 위의 철학자 소크라테스를 향한 참석자 모두의 뜨거운 사랑이다. 그들은 서로 다른 나이와 직업을 지녔고, 환경도 상황도 다르지만, 누구의 녹祿도 받지 않고 어떤 조직에도 속해 있지 않은 가난한 철학자 소크라테스를 향한 무한한 존경의 마음을 지닌다. 나를 감동시키는 것은 그 사랑과 존경의 감정에도 불구하고 그들은 소크라테스를 결코 어려워하지 않는다는 점이다.

그들은 소크라테스가 있다고 해서 할 말을 못하지도 않고, 소크라테스에게 잘 보이기 위해 지나치게 자신의 의견을 꾸며대지도 않는다. 게다가 이 철학적 토론의 주제는 '사랑'이다. 인류에게 사랑이란 무엇인지, 사랑이라는 감정이 왜 중요한지, 사랑을 통해 인간은 어떻게 바뀔 수 있는지를 토론하는 철학자들의 모습은 사뭇 진지하지만, 전혀 현학적이거나 사변적이지 않다. 그들은 일상의 언어로 철학을 이야기하고, 고담준론高談峻論에 질식되지 않은 날것 그대로의 생각을 거침없이 털어놓으며 '완벽하지는 않아도 좀 더 나은 결론'을 향해 천천히 나아간다. 맛있는 음식과 향기로운 술과 함께, 열정적인 대화와 따스한 우정의 힘으로.

　나는 오래전부터 이런 《향연》의 거침없이 자유롭고 무한히 따스한 분위기를 일상 속에서도 실험해보고 싶었다. 플라톤의 《향연》처럼 많은 친구를 매번 부를 재간은 없으니, 나의 '절친'을 한 명 초대하여 이야기해보는 것이 어떨까. '인문학 공부나 독서 모임을 해보고 싶은데 어떻게 시작해야 할지 모르겠다'는 독자들의 질문을 받을 때마다, 나는 '둘만으로도 충분하니, 지금 당장 시작해보시라'고 조언을 해드리면서도 정작 나는 나만의 세미나를 시작하지 못하고 있었다. 시간이 없어서, 내공이 부족해서, 이런 식으로 자기합리화를 하면서 차일피일 미루다

보니 이제야 정신을 차리게 되었다.

　사실 정신을 번쩍 차리게 된 이유는 나의 스승이자 절친한 벗, 황광수 선생님의 병환 때문이었다. 나는 막연하게 '언젠가 나만의 향연을 꾸리게 된다면, 황광수 선생님을 꼭 첫 번째 손님으로 초대해야지'라는 생각을 오래전부터 품어왔다. 그러면서도 '아직은 내가 선생님과 대화할 만한 실력이 되지 않는다'는 생각 때문에 미루어왔는데, 어느 날 갑자기 선생님이 큰 수술을 받으셔야 한다는 소식을 들은 것이었다. 그때부터 마음이 바빠졌다. 슬픔과 충격으로 눈앞이 캄캄했지만, 위기가 곧 기회였다. 선생님을 알게 된 지 십 년이 넘었는데, 이제야 이런 전화를 할 용기가 샘솟았다. "선생님, 플라톤의 '향연'같은 모임을 우리 두 사람만으로도 시작할 수 있지 않을까요? 서울대 교수 추천 고전 백 선, 하버드대 교수 추천 고전 백 선, 이런 권위 있는 고전 리스트 말고요. 그냥 우리 둘이서 읽고 싶은 고전을 서로 추천하고, 그것에 대해 자유롭게 이야기를 나눠보면 어떨까요?" 혹시나 선생님께서 거절하실까 봐 마음이 조마조마했는데, 선생님의 대답은 그야말로 호쾌했다. "그래, 좋지. 둘만으로도 향연은 가능하지." 이렇게 우리들의 소박하지만 신명 넘치는 향연은 시작되었다.

두 사람의 향연은 몇 달 뒤 황광수 선생님의 수술로 인해 잠시 중단되었지만, 우리는 매달 한두 번씩 모임을 하며 향연의 즐거움을 몸소 실천하고자 분투 중이다. 선생님은 플라톤의 《향연》과 《소크라테스의 변론》, 《파이돈》 등을 추천하셨고, 나는 《제인 에어》와 《폭풍의 언덕》, 《오만과 편견》을 추천하는 식으로. 서로의 취향이 매우 다르지만, 바로 이 '엄청난 차이'와 '서로 다름'이 우리들의 향연이 지속되는 원동력이기도 하다. 예컨대 나는 고대철학에 취약하고 선생님은 페미니즘에 취약하시니 우리는 반드시 만나 서로 이야기를 나눠야 하지 않을까. 그토록 열려 있고, 민주적이며, 기탄없는 플라톤의 향연에서조차 여성은 철학의 주체로 직접 나서지 못했으니.

한국 사회에서 칠십 대 남성이 '나는 페미니스트다'라고 나서는 장면은 본 적이 없지만, 선생님은 일상 속에서 충분히 여성을 존중하고 계시니 이제 '문학 속의 페미니즘'을 만나보신다면 훨씬 더 여성들의 마음을 깊이 이해할 수 있지 않을까. 한편, 고대철학에 특히 취약한 나는, 선생님과 둘만의 향연을 계속하며 플라톤의 《향연》이 지닌 또 다른 매력을 알게 되었다. 《향연》은 철학자들의 모임이지만 매우 문학적인 서사와 문체의 향기를 지니고 있었던 것이다.

"나는 픽션과 철학이 갈라진 것이 세상에서 가장 애석한 일이라고 생각한다." 황광수 선생님은 D.H. 로렌스의 문장을 들려주시며, 바로 그 지점이야말로 우리가 고대철학에서 발견해야 할 진정한 매력임을 일깨워주신다. 문학과 철학이 분리되어버린 것은 문학에게도 철학에게도 불행한 일이었다. 로렌스는 '문학적인 텍스트'와 '철학적인 텍스트'가 서로 엄격히 분리되어버린 것이 근대 철학의 불행임을 일찍이 깨달았던 것이다. 과연 고대철학에서 니체까지는 철학적인 글쓰기 속에 문학적인 이야기와 문체가 들어 있기도 하고, 문학적인 글쓰기 속에 철학적인 문제의식이 담겨 있는 경우도 많았다.

하지만 모든 학문을 이미 그 안에 품고 있던 철학 속에서 수많은 분과학문이 갈라져 나오면서 철학은 '철학과'나 '철학자'의 담론으로 갇혀버리게 되었다. 그러나 철학은 철학과나 철학자의 전유물이 아니며 누구나 철학에 관심을 가질 수 있는 권리와 자유야말로 철학을 더욱 풍요롭게 변화시킬 수 있는 힘이 아닐까. 철학적 글쓰기조차 문학적인 감수성과 상상력을 지닐 때 더 많은 사람에게 더 깊고 오랜 호소력을 지닐 수 있는 것이 아닐까.《향연》은 그런 의미에서 더욱 흥미로운 텍스트다. 플라톤 본인이 '시인추방론'을 주장했다고 알려졌지만, 정작 자신은 시인처럼 소설가처럼 매우 문학적인 이야기와 문체를 자신도 모르게 간직하는 글쓰기를 하고 있기 때문이다.

인류 최초의 이야기로 알려진 《길가메시 서사시》를 읽다가 깜짝 놀란 적이 있다. 인류에게 남아 있는 이야기 중 가장 오래된 이야기의 중심축이 사랑이 아니라 우정이라는 것을 발견한 것이다. 사랑 이야기가 인류 최초의 서사일 거라 짐작한 나의 사고방식도 어쩌면 로맨틱 러브 중심의 현대적 분위기에 물들어 있었는지도 모른다. 목숨까지 바칠 만한 격정적인 사랑이 문헌에 나타나기 시작한 것도 서양에서는 아벨라와 엘로이즈의 절절한 사랑 이야기가 유행했던 12세기경이니, 인류 역사 전체에서 사랑이 이토록 중요한 비중을 차지하게 된 것은 비교적 최근의 일인 셈이다. 인류 최초의 이야기에서 '사랑의 흔적'을 찾으려는 오래된 습관을 버리고, '우정의 소중함'에 눈을 뜨니 비로소 오래전엔 지루하다고 생각했던 길가메시 이야기가 새삼 뜨거운 감동으로 다가오기 시작했다.

《길가메시 서사시》의 감동은 오직 자기의 욕망을 채우는 데만 급급했던 철없는 왕 길가메시가 자신과 대적할 만한 유일한 적수 엔키두를 만나 그와 뜻밖의 우정을 나누며 진정한 영웅으로 성장하는 과정에서 우러나온다. 길가메시는 백성의 재산은 물론 첫날밤을 맞은 신부까지 가로채어 자기 욕심을 채우는 무뢰한이었으나 아무도 그와 대적할 만한 힘을 지니지 못했으므로 백성들은 속수무책으로 그에게 당하기만 한다. 그런데 엔키두라는 힘센 거인이 나타나 길가메시의 독재와 전횡에 제동을 걸자 그는 당황한다. 죽을힘을 다해 서로에게 맞서 싸우던 두 사람은 어느 순간 싸움을 멈추고 '친구'가 된다. 《길가메시 서사시》에는 직접적으로 이유가 나오지는 않는다.

짐작건대 길가메시의 내면에서는 처음으로 '나를 이길 수도 있는 상대를 만났다'는 공포가 싹트지 않았을까. 그는 '계속 이렇게 싸우다가는 우리 모두 죽을 수도 있겠구나' 하는 걱정에 사로잡혔을 것이다. 그는 '언제든 적이 될 수도 있는 타인'을 '친구'로 만드는 것이야말로 생존의 비결이자 인생의 지혜임을 그 절체절명의 순간 깨달은 것이 아닐까. 우정이야말로 인류가 지혜롭게 살아남기 위한 원초적 생존의 힘이 아니었을까. 나는 《길가메시 서사

시》를 다시 읽으며 생각했다. 어쩌면 인류의 아름다운 고
전들을 '우정의 역사'로 다시 재배치할 수만 있다면 훨씬
다채롭고 풍부하게 고전을 '지금 우리 삶'의 방향으로 끌
어들일 수 있는 통로가 되지 않을까.

　내가 선생님을 처음 만났을 때는 약간의 두려움이 있
었다. 나에게는 세대 차이를 극복할 수 있는 용기나 대화
의 기술이 없었기 때문이다. 그런데 삼십여 년의 나이 차
이를 극복하고, 우리가 우정을 쌓기까지는 그다지 오랜
시간이 걸리지 않았다. 선생님은 나에게 먼저 마음을 열
어 보여주셨고, 까마득한 후배인 내가 쓴 글을 매번 꼼꼼
하게 읽어주시고 격려와 지적도 해주셨다. 나는 선생님
의 글과 말을 통해 전후세대의 트라우마를 이해할 수 있
었고, 선생님은 나의 글과 말을 통해 여성의 시각과 나의
세대의 문제의식에 공감할 수 있었던 것이 아닐까 싶다.

　나는 아주 오래전부터 이야기하고 싶었다. 삶을 견디
게 하고 역경을 이겨내게 하며 마침내 삶을 바꾸는 우정
에 관하여. 하지만 자신이 없었다. 나에겐 그런 우정의 재
능이 결핍된 것 같아서. 연락이 끊어진 친구도 많고, 마음
까지 끊어진 친구도 많은 것은, 걸핏하면 타인의 말에 상
처 입는 나의 소심함 탓인 것만 같았다. 하지만 그저 스승

이라고만 생각했던 황광수 선생님이야말로 나의 '절친'이
었음을 최근에야 깨달았다. 친구를 동년배에게서만 찾았
던 나의 편협함이 이미 있는 베스트 프렌드마저 못 알아
보게 한 것이다. 외톨이 기질이 있는 내가 그 모든 끊어진
인연들에도 불구하고 선생님과는 이렇게 오랜 우정을 유
지할 수 있었던 이유는 무엇일까를 궁리해보았다.

　우리는 그동안 고전과 음악과 영화, 세상살이와 시국
과 친구와 지인들에 대해 끊임없이 이야기를 나누었고,
서로의 입장을 침해하지 않고도, 때로는 서로의 차이를
안은 채로 우정을 유지할 수 있는 힘을 길렀던 것이 아닐
까. 삼십여 년의 나이 차이, 자라온 환경과 성별의 차이,
정치적 의견의 차이에도 불구하고 우리가 여전히 친구일
수 있는 이유는 서로의 다름을 존중하고 배려하는 따스
한 연대감 때문이었다. 그리고 우리는 서로에게 매번 새
로운 것을 배우려 하는 의지를 잃지 않았다. 나는 선생님
의 이야기와 책에서 늘 새로움을 발견하고 선생님은 나
의 거의 모든 책을 빠짐없이 읽어주시며 세심하게 비평
해주시고 선생님의 아들보다도 어린 나의 생각을 늘 경
청해주신다. 나는 이렇게 친구를 사귀기 힘들어하는 내
가 별 힘도 들이지 않고 유지해온 이 따스한 우정의 힘을

세상과 나누고 싶어졌다.

　인류는 끊임없이 적이 될 수도 있는 타인을 친구로 만들며 세파를 견디고 변화에 적응해 왔다는 것을 증명해 보이고 싶다. 적대감과 갈등이 표면적으로는 더 우세해 보일지라도, 결국 우정과 대화의 힘, 토론과 민주주의 힘이 천천히 승리해온 길이었음을 고전 속에서 새롭게 재발견하고 싶다. 독자들이 인류의 역사는 적대와 갈등의 역사가 아니라 분노와 증오를 이겨내는 사람들의 승리이자 생면부지의 타인을 끝내 친구로 만드는 사람들의 승리임을 알고, 힘겨운 오늘을 버텨낼 힘을 얻기를 바란다. 우리가 오랜 우정을 통해, 견딜 수 없이 춥고 외로웠던 생의 한파를 견딜 용기를 얻어온 것처럼.

1

편지

네가 있어서,
그 시간을 견딜 수 있었단다

'나의 다정한 친구 황광수'가 보고 싶습니다

선생님.

창문을 열어놓고 잠들었다가 새벽의 찬바람에 화들짝 놀라 잠이 깨었습니다. 제 마음은 아직 한여름인데, 바깥 세상에서는 벌써 가을이 오고 있네요. 요즘은 선생님과 나누었던 수많은 대화를 더듬어보며, '그 모든 아름다운 대화를 녹음이라도 해두었다면 좋았을 텐데' 하며, 저의 게으름을 탓하고 있습니다. 하지만 제가 이렇게 저 자신을 탓하면, 선생님은 아마도 그러시겠지요? 후회 같은 건 절대 하지 말라고. 우리가 나누었던 그 이야기는 아무 곳으로도 도망가지 않았으니 걱정하지 말라고. 이제는 선생님이 안 계신 곳에서도 선생님의 목소리를 듣습니다.

선생님과 함께할 수 없게 되니, 더더욱 선생님의 목소리가 잘 들립니다.

저는 주로 선생님의 이야기를 가만히 듣고 있는 것이 좋지만, 가끔 제 이야기를 털어놓을 땐 제 안의 철통같은 검열장치가 문득 사라져버립니다. 그 누구에게도 털어놓지 못할 사연들을, 선생님에게만은 기꺼이 들켜버렸지요. 제가 어젯밤에 너무 많이 울어서 눈이 퉁퉁 부은 이유는 무엇인지, 과연 누가 내 눈물을 쏙 빼놓았는지, 시시콜콜하고 가슴 시리고 남우세스러운 그 모든 이야기를. 선생님은 가만히 들어주시고, 나보다 더 역정을 내주셨지요. 있지도 않은 일을 만들어서 뒤에서 욕하는 사람들이 세상에는 왜 그리 많을까요. 제가 하지도 않은 일들을 지어내서, 제 등 뒤에서 비난하는 사람들의 험한 말들은, 반드시 제 귓가에 다시 돌아와서 저를 괴롭혔지요. 하지만 선생님의 굵은 눈썹이 분노로 꿈틀거리고, 그 커다란 두 눈이 나를 괴롭힌 사람들에 대한 노기를 가득 띨 때면, 내 모든 억울함과 서러움은 거짓말처럼 싹 가라앉았습니다.

이렇게 선생님이 많이 아프실 줄 알았더라면, 병석에 누워계신 탓에 얼굴을 보기도 어려워질 줄을 진작 알았더라면, 더 많은 이야기를 더 자주 털어놓을 걸. 저는 우

그저 선생님을 멀리서 그리워하기만 해도 미소가 몽글몽글 피어
올라요.

리에게 아주 많은 시간이 남아 있을 거라고 믿었습니다. 선생님의 투병 사실을 알고 있으면서도, 내가 아는 사람 중에 가장 강인하고 지혜로운 선생님은 이겨내실 거라고 믿었습니다. 그 어떤 강인함과 지혜로움으로도 이길 수 없는 육체의 질병이 이 세상에 매일 존재한다는 사실을 향해, 애써 눈감은 채.

44년생 황광수와 76년생 정여울은 어떻게 이토록 절친한 벗이 되었을까요. 우리 사이엔 아무런 실용적 목적이 없었기 때문이었지요. 우리의 우정에는 아무런 목적이 없었으니까요. 그저 함께 있기만 해도 좋았으니까. 그저 선생님을 멀리서 그리워하기만 해도 미소가 몽글몽글 피어올랐으니까요. 친구를 사귀기를 두려워하는 내가, 친구에게 먼저 연락하는 것조차 어색해하는 내가, 내 아버지보다도 나이가 많은 황광수 선생님에겐 거리낌 없이 비밀을 털어놓고, 부끄러움 없이 눈물도 보였으니까요.

우리는 학교에서 만난 적이 한 번도 없었지요. 우리는 한 번도 이해관계로 얽힌 적이 없었습니다. 우리는 만나자마자 직감적으로 서로의 눈빛을 알아보았지요. 우리 두 사람 모두 '같은 대상'을 향해 미쳐 있음을. 그것은 '문학'이었습니다. 우리는 문학을 통해 친구가 되었고, 문학을 안주 삼아 새벽까지 술을 마셨고, 문학판에서 일어나는 수많은 '못 볼 꼴들'조차 함께 견디고 바라보며 간신히 살아남았고, 문학으로 결코 영광을 본 적이 없음에도 불구하고 문학을 꼭 끌어안은 채 함께 나이 들어가고 싶었는데. 이제는 선생님의 다정한 문자 메시지를 볼 수 없다는 것이 너무도 괴롭습니다. 선생님은 제 신간을 받아보실 때마다, 이런 메시지를 보내주셨습니다. 매번 다르게, 매번 다정하게, 매번 이 세상 어떤 사람보다도 따스하게.

"여울아, 너의 책은 글, 삽화, 편집이 이루어낸 작은 유토피아 같다. 잘 읽어볼게. 고맙다." "여울아, 이번 책은 왜 하고 싶은 말을 다 못한 거야. 네가 하고 싶은 말을 십분의 일도 다 못한 것 같아. 행간의 여백 사이로, 네가 하지 못한 모든 말들이 내겐 보인다. 하지만 그래도 좋다. 네 책을 읽는 건, 내겐 커다란 기쁨이야." "여울아, 너는 내 아들들보다 나이가 훨씬 어린데, 그럼에도 나는 너의 글을 읽을 때마다 매번 아주 많이 배운단다." "우리 와이프가, 나더러 글을 너처럼 좀 써보란다. 너처럼 쉽고 재미있게, 그러면서도 유려하게 말이야. 하지만 불가능해. 네 글을 너무 아끼지만, 난 너처럼은 못 쓰겠다. 우린 스타일이 달라."

우리 사이엔 삼십이 년의 나이 차가 있습니다. 하지만 저는 그 나이 차를 자꾸만 잊어버려요. 자꾸만 선생님께 말도 안 되는 농담을 걸고 싶고, 장난을 치고 싶어집니다.

선생님은 아실까요. 제가 피를 나눈 가족보다도, 선생님께 가장 먼저 제 신간을 부리나케 보내드린다는 것을. 이 다급함을, 사랑하는 제 가족도 이해해줄 것입니다. 가족은 늘 마음만 먹으면 만날 수 있지만, 황광수 선생님은 자주 뵐 수 없으니까. 가족에겐 사랑을 표현할 기회가 아직 많지만, 황광수 선생님께는 이제 이 책밖에는 사랑을 표현할 기회가 없으니까요.

제가 《한겨레신문》에 미하엘 엔데의 《모모》에 대한 글을 썼을 때, 종이신문으로 그 글을 보신 선생님은 저에게 이런 메시지를 보내셨지요. 그 시간은 아침 일곱 시 삼십팔 분이었어요.

"여울아, 네가 오늘 쓴 글, 참 이름다운 글이다. 글에 담긴 이야기, 배치와 짜임새까지 너다운 의미와 느낌으로 충만하다. 그리고 네 글은 봄바람처럼 싱그러운 향기를 풍긴다. 밤의 침묵까지 들을 수 있는 모모의 능력은 '관세음'의 경지에 이른 듯하다. 매 순간 오감으로 생생하게 우주의 움직임을 느끼는 존재, 그런 감각작용을 통해 새록새록 깨어나는 존재. 시간의 품속에 오롯이 안긴 인간은 그렇게 모모처럼 세상과 자신의 삶을 사랑할 수밖에 없을 것 같다."

그때도 항암치료 때문에 힘드셨던 시기인데, 그 작은 휴대폰으로 저렇게 긴 문자메시지를 만들어 보내신 선생님의 부지런함과 다정함이 글자 하나하나마다 빼곡하게 담겨 있었습니다. 제가 쓴 글보다 선생님의 감상평이 더 아름다워서, 눈시울이 뜨거워져버렸습니다.

우리 사이엔 삼십이 년의 나이 차가 있습니다. 하지만 저는 그 나이 차를 자꾸만 잊어버려요. 자꾸만 선생님께 말도 안 되는 농담을 걸고 싶고, 장난을 치고 싶어집니다. 선생님은 제 앞에서 한 번도 권위나 나이를 앞세우지 않으셨으니까요. 우리는 그 누구보다도 많은 아픔을 거리낌 없이 털어놓는, '절친'이 되었습니다. 만난 지 한 달도 안 되어 절친이 되어버렸습니다. 이제는 이토록 그리워도 전화도 편지도 할 수 없는, '나의 다정한 친구 황광수'가 너무도 보고 싶습니다.

광수의 편지 1

'쓸모'로부터의 해방

여울에게.

암 치료 약 때문에 하루 대부분을 무기력하게 보내지만, 가끔, 정말 아주 가끔, 조금은 뭔가 의미 있을 법한 여러 생각이 흘러갈 때가 있어. 제때제때 기록할 수 있으면 좋으련만, 몸이 가장 편한 자세로 있을 때 떠오르니 그러기도 쉽지 않아. 그래도 한 달에 한 번쯤은 정색을 하고 책상머리에 앉아 반나절 또는 한나절 정도의 시간을 들여 너에게 말하듯 써보면 어떨까, 생각했어.

너에게 이미 말했듯이, 2020년 7월 22일 주치의에게 단도직입으로 물었어. "그럼 내게 남은 시간은 얼마나 되죠?" 그러자 일 초의 망설임도 없이 이런 대답이 돌아왔어. "삼 년? 길어야 오 년?" 나는 그런 대답을 기다리고 있었던 것처럼 "네, 잘 알았습니다" 하고 밖으로 나왔어. 그 후, 열흘 가까운 시간이 흐르는 동안, 내 마음속에서 세상을 대하는 태도에 조금씩 변화가 일고 있는 게 감지되었어.

그런 변화는 질문의 형태로 내 마음속에서 흘러가고 있어. 이제 세상에 대한 책무에서 벗어나도 괜찮은 건가? 내가 떠날 세상은 내가 가게 될 세상과 동일한 게 아닐까? 이 우주가 광막한 신성함이라면, 인간의 죽음은, 따라서 나의 죽음은 그 광막한 신성함 속으로 회수되는 게 아닐까? 그렇지만 우주적 광막함에 '신성함'이란 종교적 아우라를 덧씌운 건 내가 아직도 정신을 못 차리고 있다는 증거로 생각된다.

죽음을 두고 '이 세상을 떠난다거나 어딘가로 간다'고 생각하는 건 일종의 상투적 표현이 아닐까? 생명체는 죽어서 어디로 가는 게 아니라, 있는 바로 그 자리에서 생명적 존재에서 비생명적 존재로 변화하는 것이니까. 이 변화는 철저하게 물질적인 것이고. 죽은 뒤에 어딘가로 간다고 말한 사람들, 이를테면 정화된 영혼이 '하데스의 더 나은 쪽'°으로 가는 것이라 생각하며 담담하게 죽음을 맞이했던 소크라테스나 거의 모든 기독교 신자들이 믿는 천국이나 지옥 같은 것은 존재할 리가 없지.

서구의 문학평론가들이 르네상스 시대 문학의 최고 걸작으로 꼽는 단테의 《신곡》을 꼼꼼히 읽어본 적이 있어. 그런데 단테가 생생하게 그려낸 지옥의 이미지들, 죄의 경중에 따라 고통을 배분받은 수많은 역사적 인물들을 보며 치를 떨었어. 이제 그처럼 철저하게 왜곡된 세계관을 밀어붙이는 작품들은, 제아무리 좋은 평가를 받는 문학적 고전일지라도, 나에게는 무의미하다는 생각이 든다. 이렇게 단정하고 나니 마음이 좀 홀가분해진다.

내 마음속 변화는 나 자신도 정확히 표현해낼 수 없어. 그렇지만 그 핵심에는 하나의 질문이 도사리고 있는 것 같아. "죽음이란 뭘까?" 이 질문은 또 다른 질문으로 이어져. "생명이란 뭘까? 삶이란 또 뭘까?" 그리고 또, 죽음 이

○   플라톤의 《파에돈》에서 소크라테스는 "죽음은 육체와 영혼이 분리되는 것"이고, 영혼은 살아남아 하데스로 가는 것이라고 믿었다. 그리고 '철학'을 통해 정화된 영혼은 하데스에서 신들이나 훌륭한 삶을 살았던 이들의 영혼이 거하는 더 나은 곳으로 가게 된다고 믿었다. 그는 '천당'이나 '지옥'이란 말을 쓰고 있지 않지만, 그런 범주로 해석될 수 있는 온갖 이분법적 범주를 통해 더 좋은 쪽과 그렇지 않은 쪽을 구분하여 상세하게 설명한다. 그의 설명은 지도에 옮길 수 있을 만큼 구체적이어서, 중세의 기독교가 만들어낸 천국과 지옥의 이미지가 소크라테스의 생각을 본뜬 게 아닐까, 하는 의문을 불러일으킨다. 황광수 주.

후의 내 육신을 어떻게 할까?

어느 날 아내에게 불쑥 말했어. "난 관이나 항아리 같은 데 갇히기 싫어. 그러니까 완전 연소시켜버리거나 한 줌 정도 가루를 남겨 내 고향 바닷가나 산 같은 데 훌훌 뿌려버려." 아내의 대답이 즉각 돌아왔어. "죽은 자는 말이 없어. 그런 건 산 사람들이 알아서 할 거야."

내 삶의 태도에도 언제부턴가 많은 변화가 생겼어. 생명이 있는 존재들, 생명이 없는 존재들을 거의 동일하게, 유심히 살피는 버릇이 생긴 거야. 생명 없는 물질계가 사실은 생명적 존재의 산실이란 생각이 들어 그것들에까지 관심이 확장된 거지.

2020년 6월 23일에 설악산 오색약수터에 다녀왔어. 자연친화적으로 되어가는 것이 나이 탓인지, 병 치료를 위한 의식, 무의식적인 노력 탓인지 모르지만 자연에 들어가면 마음이 상쾌해질 때가 많아. 그날은 햇빛도 물빛도 맑았어. 숲길을 지나 고개를 들면, 멀거나 가까운 봉우리와 기암절벽들이 내 시야를 가득 채웠어.

나는 사람들이 보이지 않는 숲길에서 노래까지 불렀어. 〈산노을〉이란 노래야. 그 노래 가사에는 내 마음속 그늘과 겹치는 부분이 있어. "산 그림자 슬며시 지나가네"

라는 마지막 구절이야. 그 '그림자'가 때로는 죽은 혼으로 느껴질 때도 있어. 그렇지만 나는 오직 한 사람만을 떠올리게 돼. 아마 지리산에서 죽었을 형이야. 노래 가사 속의 그림자가 형의 혼이라고 생각한 적은 없지만, 그 대목을 부를 때면 뭔가 뭉클한 슬픔이 내 마음을 적시며 스쳐지나가는 듯한 느낌이 들어.

계곡에 걸린 다리에서 내려다보면, 맑은 물속에서 금빛 모래가 아른거렸어. 물의 표면이 튕겨내는 눈부신 햇살과 끊임없이 유동하는 잔물결들, 영어단어로는 ripple. 고등학교 1학년 때 그 단어를 처음 만난 날, 나는 오후 한나절을 흐르는 물가에 앉아 있었어. 계곡의 잔물결은 한 방향으로만 밀려가는 게 아니었어. 얕은 바닥을 흐르는 물 위에, 바람결과 바닥의 기복에 따라 수시로 변하는, 물 표면의 울룩불룩한 사각형들이 끊임없이 흔들리며 한없이 겹쳐지고 있었어. 그 모습이 너무도 황홀해서 사진을 몇 컷 찍었어. 그 사진은 카카오톡으로 보내줄게.

그런데 문제는 나의 이런 취향이 미묘하게 나의 죄의식을 건드린다는 거야. 아도르노가 이런 말을 한 적이 있지. "아우슈비츠 이후에 서정시를 쓰는 것이 가능한가"라고. 이 말은 내가 비평을 쓰기 시작할 무렵부터 뇌리에 각

인되어 나의 글쓰기를 간섭했어. 지금이야 "간섭했다"고 썼지만, 그 시절에는 비장하게 간직한 모토처럼 내 의식을 사로잡고 있었어. 그렇게 된 데에는 한국문학사의 현실과도 무관하지 않을 거야. 독재정권 시절 문단의 주류를 이루었던 이른바 '순수문학파'들이 금과옥조처럼 내세우고 있던 '탈정치의 이념'은 자연 또는 자연성에 너무 경도된 나머지 우리의 삶의 현실과는 무관한 '음풍농월吟風弄月'에 젖어 있을 때가 많았으니까.

스웨덴의 환경운동가 그레타 툰베리Greta Thunberg가 중학생 때 "지구가 불타고 있는데 어른들은 무엇을 하고 있냐"고 외쳤을 때, 세계적 석학으로 자처하는 어른들 가운데 그 누가 성의 있는 답변을 해주었지? 그 아이의 외침은 지구가 직면하고 있는 참혹한 현실을 직시하고 하루빨리 대책을 세우라는 명령이야. 그러니까 우리 삶의 태도를 전면적으로 반성하고 대책을 서둘러야 한다는 거지.

이 지점에서 돌이켜보면, 내가 지닌 '자연친화적 감수성'이란 것도 참 어설픈 넋두리 같은 것이지. 그러니 산이나 들이나 개울가를 거닐 때 편안함을 느끼는 것은 중병에 걸린 나 같은 사람에게는 반드시 필요한 삶의 일부이기도 한 것이라고 나 자신에게 둘러대고 있어.

자연을 '쓸모' 면에서 바라본 것에 대한 반성은 수천 년 전부터 있었어. 서구의 고전들을 통해 보면, 인류는 인간적 필요에 의해 착취당하기 이전, 자연 속의 삶이 가능했던 시대를 '황금시대'로 여겼어. 오비디우스가 과거의 '황금시대'로 묘사하고 있는 시절은 밭을 갈지도 않고, 쇠붙이도 쓰지 않고, 상거래도 하지 않고, 문자나 법도 모르고, 노동도 하지 않았는데, 다들 행복하게 살았다는 거야. 중세 이후 몽테뉴와 셰익스피어도 비슷한 생각을 했어. 아마 오비디우스의 영향일 거야. 과거의 황금시대에는 경작도 하지 않고, 쇠붙이도 쓰지 않고, 기름도 없고, 문자도 법률도 없고, 노동도 하지 않았는데, 행복했다는 거야. 그런데 몽테뉴와 셰익스피어 시대의 식민주의자들은 자신들이 생각하는 황금시대와 같은 삶을 살고 있는 식민지 원주민들을 "가르쳤다"며, 식민주의를 정당화했어.

동양에서는 장자가 그 유명한 '쓸모없음의 쓸모 있음 [無用之用]'을 통해 자연을 바라보는 태도를 전면적으로 뒤집어놓았어. 혜자라는 사람이 자기 집에 커다란 가죽나무가 있는데 "울퉁불퉁하여 먹줄을 칠 수 없고, 가지는 비비 꼬여서 자[尺]를 댈 수 없다"며 쓸모없음을 한탄하자, 장자는 이렇게 말했어. "지금 선생에게 큰 나무가 있는데 쓸모가 없어 걱정인 듯하오만, 어째서 아무것도 없는 드넓은 들판에 심고 그 곁에서 마음 내키는 대로 한가로이 쉬면서, 그 그늘에 유유히 누워 자보지는 못하오. 도끼에 찍히는 일도 누가 해를 끼칠 일도 없을 거요. 그런데 쓸모가 없다고 어째서 괴로워한단 말이오."

장자의 말 역시 '쓸모'를 완전히 초월한 것은 아니야. 그 역시 다른 쓸모를 찾아낸 것일 뿐이야. 그렇지만 나무를 베어 집을 짓거나 배를 건조하거나 장롱을 만드는 데 쓰지 않고, 살려둔 채 더 큰 쓸모로 활용할 수 있다는 그의 생각은 물질주의적 통념을 근원적으로 전복했다는 점에서 혁명적인 것이지. 나는 장자가 찾아낸 '새로운 쓸모'가 미학적 발견에서 비롯된 것이라 생각해. 인간의 뿌리 깊은 물질주의적 삶의 태도를 근원적으로 넘어설 수 있는 힘은 그와 같은 미학적 발견과 보상을 통해서만 가능할 거야.

그러니까 우리의 감수성을 자연친화적으로 변화시켜가는 것은 단순한 음풍농월과는 거리가 멀다는 거야. 그리고 '쓸모'와는 관계없이 사물을 있는 그대로 보고 묘사하는 데에서 인간의 욕망을 새로운 차원으로 끌어올리거나 새로운 방향으로 돌려놓을 수 있는 어떤 미학적 깨우

침 같은 걸 얻을 수 있지 않을까? 이를테면, 창밖으로 내리는 비를 조용히 바라보며 '비 내림'이라는 하나의 현상을 섬세하고 깊이 있게 읽어내는 것도 그런 태도와 무관하지 않을 거야. 프랑시스 퐁주Francis Ponge의 〈비〉라는 시가 그래.

내가 바라보는 앞뜰에 내리는 비는 꽤나 다양한 속도로 내린다.
뜰의 중간에는 비의 불연속적인 커튼 (또는 그물), 분명하지만 상대적으로 느리게
내리는 조금 가벼운 방울들, 나른한, 영속적인 내림, 분위기를 집약하는 부분.
왼쪽과 오른쪽 벽들 가까이, 더 무겁고, 개별적인 방울들은 더 시끄럽게 내린다.
여기서는 밀알 크기로 보이고, 저기에서는 완두콩, 어떤 곳에서는 거의 구슬.
비는 처마와 창문의 틀을 따라 수평으로 달려가는데 그 아랫면에는
딱딱한 사탕같이 부풀어 오른 로젠지°들이 매달린다. 내가 내려다보는

조그만 함석지붕 전체를 감싸고, 비는 아주 얇은 피막 속에서 흐르며,

감지할 수 없는 기복이 빚어내는 서로 다른 흐름들과 지붕 재료에 부딪혀

미세한 잔물결을 일으켰다. 지붕에 붙어 있는 빗물받이에서, 비는 얕은 개울처럼

통제된 채 완만한 경사를 따라 달려가다가, 갑자기 좀 헐겁게 땋은,

완전한 수직의 끈처럼 땅바닥으로 떨어지며,

다시 눈부신 장식 끈처럼 흩어지고 솟구친다.

이 모양들은 제각기 특유의 속도를 지닌다. 제각기 특유의 울림을.

그 전체는 복합적 구조의 강렬함을 지닌다, 압축된 증기의 일정량의 중량에 의해

활성화된 정확하고 예측할 수 없는 시계時計처럼.

바닥에 수직 끈의 고리, 콸콸거리는 배수로들, 쟁쟁거리는 징들이,

함께 공명한다, 결코 단조롭지 않고, 섬세함에 결코 부족함

○ 사탕 이름. 황광수 주.

요즘엔 모든 피조물이 슬프게 보일 때가 많아.

이 없는

하나의 협주 속에서.°

    사물에 대한 묘사에는 여러 가지 의미가 깃들어 있어. 그 가운데 하나는 섬세한 묘사로 훈련된 섬세한 감각을 지닌 사람은 타자에게서 자신이 결여하고 있는 어떤 특이성을 보며 심취할 수 있는 길을 열어간다는 거야. 이런 감수성을 지닌 사람은 인종차별이나 성차별과 같은 선입견을 극복할 수 있는 힘을 기른 사람이 아닐까?

    물론 꼭 이런 시를 써야 한다고 주장하는 건 아니야. 우리가 과거에 배척했을지도 모르는 이런 시에도 '쓸모'와는 관계없이 인간과 자연을 행복하게 이어줄 수 있는 끈이라는 나름의 미덕이 있다는 걸 말하고 싶을 뿐이야. 위 시에서 배수로로 콸콸거리며 떨어지는 물의 모양에서 역동적인 끈, "좀 헐겁게 땋은/눈부신 장식 끈"을 발견한 것은 우연이 아닐 거야.

°   황광수 선생님은 프랑스어가 아닌 영어로 번역된 프랑시스 퐁주의 시를 읽었다. 어떤 영역본을 읽었는지 알 수 없다. 때문에 여기에서는 포에트리 파운데이션 웹사이트에 올라온 프랑시스 퐁주의 〈비〉를 참고했다. (https://www.poetryfoundation.org/poetrymagazine/poems/89711/rain-5762f2f9a12fd)

내 친구 정남영○은 두어 차례 나의 노년과 관련하여 경계해야 할 점 여섯 가지를, 서구의 어떤 비평가의 말을 빌려 말해준 적이 있어. 그 가운데 하나는 자연친화적으로 되지 말라는 거야. 그렇지만 요즘 나는 노년에 이르러 자연친화적으로 되어가는 것은 그 자체가 '자연의 생리' 아닐까, 하는 생각이 들어. 그러니까 자연에 대한 나의 느낌에 저항하거나 그것을 굳이 부정할 필요는 없다고 생각해.

요즘엔 모든 피조물이 슬프게 보일 때가 많아.

○ 영문학자이자 번역가이다. 안토니오 네그리의 《혁명의 시간》과 허먼 멜빌의 《바틀비》 등을 우리말로 옮겼다.

여울의 편지 2

꿈속에서 잃어버린 지갑

선생님.

처음으로 제가 꿈 이야기를 했던 날, 기억나세요?

우리가 처음 만난 지 얼마 안 된 날이었어요. 꿈속에서 저는 지갑을 잃어버렸어요. 지갑을 잃어버리는 꿈은 좋지 않은 꿈이라는 이야기를 들었지만, 그 꿈은 이상하게도 기분이 나쁘지 않았어요. 꿈속에서 제가 놀랍게도, 만난 지 얼마 되지도 않은 선생님께 용감하게 다가가서, 이렇게 말하는 거였어요. "선생님, 제가 지갑을 잃어버렸는데, 선생님께 돈을 빌려도 될까요." 선생님은 아무런 거리낌 없이, 일순간의 망설임도 없이, 품에서 지갑을 꺼내 저에게 돈을 빌려주셨어요. 선생님은 갚지 말라고, 용돈이라고 말씀하신 것 같아요. 물론 꿈속에서요. 그 말의 귓속 울림이 어찌나 따스하던지, 저는 그 꿈을 가끔 진짜 현실과 착각하곤 합니다. 지금 생각해보면, 그 꿈은 선생님과 저의 우정의 시작을 알리는 아름다운 서막이었어요.

그 꿈은 평소의 나와 너무 다른 모습을 보여주더군요. 저는 남에게 돈을 빌려달라고 좀처럼 말하지 못하거든요. 그런데 꿈속의 저는 너무도 용감하고 편안하고 거침없이, 그땐 별로 친하지도 않았던 선생님께 당당히 돈을 빌려달라고 요구하더라고요. 더 놀라운 건 꿈속의 선생님이 눈 하나 깜짝하지 않고 저에게 돈을 내어주신 거예요. 빌려주는 게 아니라, 너에게 주는 용돈이라며. 꿈속에서 저는 놀라지도 않고 방긋 웃으며 그 돈을 냉큼 받고 행복하게 미소 지었던 것 같아요. 지갑을 잃어버리는 꿈은 불길한 꿈이라는 통설을 뒤집는 꿈이었지요. 오히려 제 지갑을 잃어버리는 사건으로 선생님과 좀 더 친해질 수 있는 전화위복의 계기였나 봐요.

그런데 그 꿈 이야기를 선생님께 들려드렸더니, 선생님은 환하게 웃으시며 이렇게 말씀하셨어요.

"나도 만약에 지갑을 잃어버리면, 제일 먼저 너에게 가서 도움을 청할게. 내가 꿈속에서 그랬던 것처럼, 여울이가 날 도와줄 것 같아. 왠지 그럴 것 같아."

제가 당연히 그러겠다고 고개를 끄덕였어요. 그 순간 우리 사이에 아주 조금 남아 있었던 수줍음과 어색함이 일순간에 사라졌어요. 저는 나이 차가 많이 나는 선생님 들에게 결코 먼저 다가가지 않거든요. 사실 또래 친구들 에게도 그래요. 제가 먼저 다가가는 일은 극히 드물지요. 그런데 선생님은 어쩌면 제가 먼저 다가가고, 제가 먼저 도움을 요청한 첫 번째 친구였던 것 같아요. 원래 중요한 감정의 변화는 그 이유를 결코 설명할 수 없는 경우가 있 잖아요. 그때 아버지가 뇌경색으로 병원에 누워계셨기 때문에 너무 힘든 나날을 보내고 있었는데, 만약 선생님 을 만나지 못했더라면 저는 계속 '아버지를 영원히 잃어 버린 느낌'에 사로잡혀 있었을 거예요.

어느 날 저는 육교를 느릿느릿 올라가는 한 노인을 발 견했어요. 뒷모습과 체격이 우리 아버지를 꼭 닮은 거예 요. 그가 우리 아버지가 아님을 알면서도, 저는 저도 모르 게 그분을 가만히 따라가고 있었어요. 제정신이 아니었 던 것이지요. 제가 사랑했던 제 아버지가 이 세상에 더 이 상 안 계시는 느낌이 저를 압도한 나머지, 저는 저의 진짜 아버지를 찾아야겠다는 생각을 했어요. 그래서 뒷모습이 아버지와 꼭 닮은 그분을 저의 아버지로 착각하고 저도 모르게 따라가고 있었던 거예요. 저는 그런 저의 모습을 발견하고 화들짝 놀라 육교에서 내려왔지요. 제가 가려던 길도 아니었거든요. 그 일이 있고 나서 저는 정신을 바짝 차려야겠다고 결심했어요. 제가 사랑했던 제 아버지를 되찾기 위한 무의식의 투쟁이었을지도 모르겠어요.

그런 순간에 선생님이 제 인생에 나타나셨지요. 문학 계간지 편집위원으로 우리는 처음 만났어요. 사실 처음에는 그 일이 하기 싫었어요. 그 문학잡지를 만든 출판사 대표님이 너무 무서웠거든요.(웃음) 하지만 매주 황광수 선생님을 만날 수 있다는 사실이 기뻤어요. 이제 막 박사과정을 마친 저는 생활고에 허덕였고, 아버지의 사업 실패로 인한 빚을 제가 떠안고 있었고, 아버지의 빚을 대신 갚아야 한다는 강박관념 때문에 항상 심각한 박탈감에 시달리고 있었지요. 하지만 선생님을 만나면 그 모든 부담감을 일순간에 잊어버렸어요. 선생님과 문학작품에 대해 이야기할 때, 작품에 대한 선생님의 견해를 들려주실 때, 술자리에서 선생님의 인생 이야기를 들려주실 때. 저는 제 어깨에 짊어지고 있던 그 모든 고통을 잊었습니다.

저는 그 꿈을 꾸고 나서 제가 선생님을 어떻게 생각하

선생님의 인생 이야기를 들을 때면 제 어깨에 짊어지고 있던 그 모든 고통이 날아가는 것 같아요.

고 있는지 어렴풋이 깨달았습니다. 제가 꿈속에서 선생님께 빌린 것은 단지 돈이 아니었어요. 인생에서 가장 눈부신 것. 너무 따스하고 찬란하고 소중하여 그 누구에게도 빼앗아서는 안 되는 것. 그것은 무엇이라 표현해야 할까요. 어쩌면 삶에 대한 사랑일 수도 있고, 다시 제대로 살아야겠다는 의지일 수도 있겠지요. 하지만 그 꿈속의 용돈을 저는 뭔가 딱 하나로 규정하지 않을래요. 왜냐하면 제가 선생님께서 받은 것들은 단지 삶의 지혜나 윗사람에게 사랑받고 있다는 느낌에 그치지 않으니까요.

꿈속의 그 소중한 용돈, 그것은 '우리가 지켜야 할 모든 것들'이 아니었을까요. 지갑을 잃어버리면 왠지 자존감이나 정체성까지 일순간 흔들리잖아요. 저는 꿈속에서 지갑을 잃어버린 대신 이 세상 그 무엇으로도 계산하거나 대체할 수 없는 선생님의 우정과 따스한 미소를 선물로 받았지요. 꿈에서도 알았어요. 그건 단지 돈이 아니었다는 것을. 저는 제가 가장 힘들 때 고민을 털어놓을 수 있는 사람이 선생님이라는 것을 그 꿈을 통해 알았던 거예요. 집에 돌아와서 생각해보니, 꿈 이야기를 그렇게 거리낌 없이 털어놓은 사람도 선생님이 처음이었더군요. 저에게 꿈은 너무 내밀하고 비밀스러운 프라이버시라, 좀처럼 타인과 공유하기 어려운 것이었거든요. 그런데 선생님은 제아무리 슬프고 초라한 꿈일지라도 얼마든지 도란도란 이야기를 나누어도 좋을 것 같은, 그런 모종의 편안함을 제게 선물해주셨지요.

오랜 시간이 지나서야 깨달았어요. 그 지갑은 '우리가 앞으로도 오래오래 함께하게 될, 그 무엇과도 바꿀 수 없는 우정'의 상징이라는 것을. 선생님, 저에게 이제 마지막 기회를 주시면 안 될까요. 제 운명의 지갑에서 제 가장 강력한 행운의 에너지를 꺼내어 선생님께 안겨드릴 기회를요. 어서 그 오랜 병상에서 일어나시기를. 우리가 함께 예전처럼 인사동의 '브람스'에서 플라톤 세미나를 할 수 있기를, 약수동의 어느 순댓국집에서 《향연》을 다시 읽을 수 있기를, 간절히 꿈꿉니다.

광수의 편지 2

기적의 사면체

여울에게.

어제는 병원에서 하루를 보냈어. 임상시험실에서 설문지 작성, 몸무게·키·혈압·맥박 측정, 혈액·소변 채취 등을 했는데, 예상 밖으로 혈압이 높아 오 분쯤 호흡을 가다듬고 다시 잰 다음, 혈압측정기 화면에 뜬 숫자를 휴대폰 카메라로 찍어 담당 간호사에게 보냈어. 그다음은 끝없는 기다림의 연속이었어. 항암주사 맞는 시점을 기준으로 이전 열두 시간에 세 차례에 걸쳐 항암주사 부작용 완화 약을 열여섯 정씩 챙겨 먹고, 앞에서 한 다양한 검사들의 결과를 두 시간 남짓 기다렸다가 항암주사를 맞아도 괜찮다는 연락이 오면, 주사실에 접수하고 또 한 시간 정도 기다려야 하는데, 그 사이에 주치의를 만나 검사 결과에 따른 코멘트를 들어야 해.

주치의와 만나기 위해 진료 대기실에서 삼십 분 남짓 서서 기다려야 했어. 주사실에서는 두 시간에서 다섯 시간 정도에 걸쳐 세 종류의 주사를 맞아야 해. 항암주사의 부작용을 줄이기 위한 주사, 실험용 면역항암제 또는 위약(가짜 약), 항암주사. 교실만큼 큰 주사실에는 군데군데 칸막이로 분리된 공간에 침대 또는 다리를 뻗고 반쯤 누울 수 있는 안락의자들이 있는데, 나는 반쯤 누울 수 있는 의자에서 주사를 맞으며 네 차례 정도 혈압을 측정했어. 혈압은 내 마음 상태에 따라 놀랄 만큼 큰 폭으로 빠르게 변했어. 가만히 있다가 시 한 편만 읽어도 혈압이 껑충 뛰었어. 주사 맞는 시간이 길다 보니, 환자들은 주사를 맞는 동안 화장실에 다녀오기도 해. 주사를 다 맞은 환자들은 병원에서 준 약을 챙기고 간호사들을 둘러보면서, 수고들 하셨습니다, 고맙습니다, 공손히 인사를 하며 밖으로 나가더라. 신약의 임상시험에 참여하는 환자들은 모든 치료과정이 무료인 데다 주사실 간호사들이 친절하기도 해서 진심으로 고맙다는 생각이 들게 되는 것 같았어. 그리고 수납 창구에 가서 병원 밖의 약국에서 살 약의 처방

전을 받은 다음 병원을 벗어나게 돼. 그렇게 아침 열 시부터 오후 다섯 시 오십 분까지 병원에 있었어. 두 시간 남짓 기다릴 때에는 마로니에 공원 벤치에 앉아 독서를 하거나 음악을 들으며 걷거나 사진을 찍었어.

두 시간에 걸쳐 요즘의 내 삶과 정신상태를 써볼 생각이었는데, 벌써 시간이 많이 흘렀네. 그런데 왜 하필 두 시간 동안에 쓰려 했지, 자문해봤어. 항암주사를 맞은 날은 거의 잠들지 못해. 그래도 설핏 잠이 들었다가 한밤중에 깼어. 누워 있는 게 질릴 만큼 뒤척거리다가, 책상머리에 앉은 것은 새벽 네 시, 그러니까 아침 체조를 시작하는 여섯 시까지 두 시간 동안 너에게 메일 쓸 생각이 떠올랐어. 할 이야기는 많고, 머릿속은 뒤죽박죽이어서 두 시간은 너무 짧다는 생각을 하면서도, 눈을 감고 '자동기술법'으로 쓰면 가능하지 않을까, 하는 생각이 들었어. 그렇지만 일단 글을 쓰기 시작하면서 자동기술법 같은 것은 까맣게 잊어버렸어.

요즘 두세 달에 한 번쯤 LA에 사는 친구와 통화를 해. 언젠가 그 친구가, 내가 미국에 한 번 가보고 싶다고 말하자 불쑥, 넌 미국 싫어하잖아, 하고 반문하더라. 그 순간 당황해서 쓸데없는 변명들을 늘어놨어. 아, 그건 젊었을 때 얘기지. 그것도 정치적 차원에서만 그랬어. 내가 얼마나 서부극을 좋아했는데…. 그리고 아메리카의 자연, 로키 산맥이나 미시시피 강, 그리고 미국문학도 좋아해. 현존 작가와 시인들의 책도 전자책으로 다운받아 읽고 있어, 하고 주저리주저리 읊어댔어. 그런 다음, 금년에 출간된 네이트 마샬Nate Marshal의 《피나Finna》라는 시집에 관해 좀 과장해서 찬사를 늘어놓았어. 난 'finna'가 고유명사인 줄 알았는데, 'going to'의 뜻을 지니고 있더라. 빈민가 흑인들의 영어는 백인들 것과 많이 달라서 전문적으로 연구하는 사회학자들(언어의 문제라기보다는 사회적 조건의 차이를 반영하는 것이기도 하니)도 있다는데, 아무튼 내가 보기에 흑인 특유의 자유로운 대화체를 시적으로 배열해, 특히 동일한 단어나 어구를 반복하거나 중첩하며, 사회적 관행이나 시인 자신의 의식 상태를 시각적·구조적으로 가공해내는 특유의 방법이 너무도 인상적이었어. 왜 우리 80년대의 시인들은 그런 자유스러움과 자신만의 시적 방법을 개발하지 못했을까, 하는 생각을 잠시 하게 되더라. 이를테면 내가 좋아했던 박영근은 이 시인에 비하면 너무 점잖은, 미학적으로 세련된 시인이었다는 생각이 들더라. 그런데 내가 아주 싫어했던 박남철은 말년에 그 특유의 분방奔放과 '똘끼'로써 당대의 시대적 특성을 자기 나름대로 표출하려는 노력을 했는데, 우리가 그의 만행蠻行에 너무 치가 떨려서 제대로 이해해줄 생각조차 하지 못했던 게 아닐까, 하는 후회도 슬쩍 스쳤어. 아무튼 영문학 전공자인 내 친구는 자기도 그 시집을 주문했다고 문자를 보내왔어, 고맙다는 말과 함께.

미국 시인 루이즈 글릭Louise Glück이 노벨문학상을 받았잖아. 그래서 그의 시를 한두 편이라도 읽어보려고 《가을의 집The Autumn House : Anthology of Contemporay American Poetry》을 펼쳐봤어. 386명의 시인 사진과 그들의 시 세 편씩이 실려 있는데, 안타깝게도 글릭의 것은 없더라. 노벨문학상을 받을 만한 시인을 제외하고도 미국의 시가 그토록 풍요롭다는 사실이 새삼 놀랍게 다가오더라. 전자책으로 그의 전집과 대표 시집으로 보이는 《충실하고 덕성스러운 밤Faithful and Virtuous Night》이란 시집을 샀어. 표제작은 열다섯 쪽쯤 되는 긴 시인데, 인생의 깊은 뜻 한 가지를 깨닫게 된 유년시절의 어느 날 밤을 더듬고 있어. 오빠와 한 방을 쓰는 어린 소녀는, 책 읽기를 즐기는 오빠를 좋아해. "충실하고 덕성스러운 밤"이란 말은 바로 그 오빠가 밤에 책을 읽다 말고 불쑥 토해낸 거야. 화자는 어느 날,

너무도 두려운 생각에 사로잡혀 가족들이 둘러앉은 식탁에서도 아무 말도 하지 않아. 모든 사람이 "각자가 열망하는 방향"으로 나아가게 되면, 함께 있고 싶은 사람들과 멀어질 수밖에 없는, 어떤 결말에 도달하게 되지 않을까 하는 생각. 그렇지만 이 어린 소녀는 결국 그런 결말은 끝없이 지연될 수밖에 없다는 깨달음에 도달해. 이 시의 마지막 문장이야.

완전한 끝은 없어.
사실은, 끝없는 끝들이 있을 뿐이야.
there's no perfect ending.
Indeed, there's infinite endings.

이 어린 소녀를 보면, 시인은 만들어지는 게 아닌 것 같아. 이 시의 문장들은 아이의 것인 만큼, 아주 간결하고 단순해. 그 아이는 무심히 길들어버릴 수밖에 없는 일상의 순간을, 사랑하는 오빠처럼 꼭 껴안고 있어. 어쩌다 떠오른 의문도 완전히 풀릴 때까지 놓아버리지 않아. 시인 기질이란 이런 게 아닐까?

그 시 뒤에 나오는 건 짧은 시야. 내친김에 번역해볼게.

기억의 이론Theory of Memory

오래, 오래전, 갈망에 시달리면서도 오래 품을 믿음으로 벼려내지 못하는, 고통스러운 예술가이기 이전, 이보다 오래전에, 나는 갈라진 나라의 모든 걸 통합하는 자랑스러운 통치자였어. 그래서 난 내 손바닥을 들여다본 점쟁이의 말을 들었어. 그녀가 말했어, 엄청난 일이 당신 앞에 있어, 혹은 뒤에. 그건 확실하지 않아. 그녀가 덧붙였어, 그렇다고 뭐가 달라? 바로 지금 당신은 점쟁이와 손을 잡고 있는 어린애야. 그 밖의 모든 건 가설이고 꿈이야.

"점쟁이와 손을 잡고 있다"는 건 무슨 뜻일까? 그 뜻을 유추하려면, 화자가 자신이 "갈라진 나라의 모든 걸 통합하는 자랑스러운 통치자"였고, "그래서" "점쟁이의 말을 들었다"는 대목을 되짚어봐야 할 것 같아. 그러면 갈라진 모든 걸 통합할 수 있는 무소불위의 통치자는 점쟁이의 말을 듣는 사람인 것처럼 느껴져. 그런데 점쟁이의 말은 이렇게 들어도 되고, 저렇게 들어도 돼. 점쟁이는 "엄청난 일"이 앞에 있든, 뒤에 있는 뭐가 다르냐고 반문하잖아. 통치자는 그런 차이에 고심하지 않는 사람들이야. 그렇지만 "예술가"는 그 모든 차이를 곱씹으며, "믿음"으로 빚어낼 수 없는 "갈망"에 시달리는 사람들이잖아. 예술가들은 신념을 말하는 자들이 아니라 "가설"이나 "꿈"과 씨름하는 사람들이지. 그러고 보니, 확신에 찬 사람들은 트럼프 같은 놈들이란 생각이 드네.

그런데 난 아무런 고뇌 없이 문학과 예술의 감상자로만 존재할 수 있는 어떤 정신적 공간, 이를테면 피라미드와 유사한 기하학적 구조를 상상하며 마음속으로 '기적의 사면체'라는 이름을 붙이기까지 했어. 벌써 그 사면들이 무엇을 의미하는지조차 잊어버렸지만, 이런 것이 중환자들이 빠져들기 쉬운 심리적 메커니즘이 아닐까, 반성했어. 살아갈 날이 상대적으로 적을 수밖에 없는 사람이라면, 오히려 더 치열하게 살아야 할 텐데, 심신이 괴로우니 고통이 없는 시공간을 상상하게 되나 봐. 철학자나 심리학자들은 고통스러운 상황이나 심리상태를 명징하게 해석함으로써 고통의 진원지에서 비교적 쉽게 벗어날 수 있어. 그렇지만 예술가들은 고통을 온몸으로 겪어내는 사람들이야. 이 둘 사이에는 건너기 어려운 심연이 존재하는 것 같아.

그건 그렇고, 이 시의 제목이 왜 〈기억의 이론Theory of Memory〉일까? 화자는 오래전의 기억을 더듬고 있지만, 점

예술가들은 고통을 온몸으로 겪어내는 사람들이야.

오히려 더 치열하게 살아야 할 텐데, 심신이 괴로우니 고통이 없
는 시공간을 상상하게 되나 봐.

쟁이의 손을 잡고 있다는 사실을 제외하면 모든 게 가설이고 꿈일 뿐이라는 게 '기억의 이론'일 순 없잖아. 잘 모르겠어.

오늘은 여기서 마무리할게.

어차피 자연스러운, 적절한 마무리는 불가능한 거였어.

지구를 한 바퀴 도는 홈런,
그리고 디오니소스 극장

선생님.

오늘 아침은 조금이라도 덜 아픈 마음으로 일어나셨는
지요. 선생님의 오늘 아침은 어떨까 생각해보았어요. 열
번의 항암치료를 견디신 뒤, 이제는 아주 작은 목소리조
차 제대로 낼 수 없는 상황, 산책조차 나갈 수 없는 몸, 밥
과 국 같은 평범한 식사를 할 수 없고 영양주사와 유동식
에만 의지해야 하는 상황. 마지막으로 뵈었을 때 바싹 여
윈 선생님의 뒷모습이 안쓰러워서, 한참이나 선생님의
멀어지는 뒷모습을 바라보며 차마 발걸음을 떼지 못했는
데, 지금은 그때보다 더 야위셨겠지요. 오늘 아침 일어나
자마자 선생님의 아픔을 상상하자 저도 모르게 제 심장

쪽으로 '찌릿' 하는 통증이 몰려오는 것을 느꼈습니다. 마음이 아프면 몸이 따라 아픈 순간이 점점 자주 찾아오는 걸 보면, 저 또한 부지런히 나이를 먹어가는 것 같습니다.

참 이상하게도 이렇게 마음 아픈 순간, 오히려 우리가 가장 기뻤던 순간을 더 많이, 더 자주 생각하게 됩니다. 선생님이 그러셨죠. 제 첫 번째 여행 에세이 《내가 사랑한 유럽 Top10》이 종합 베스트셀러 1위를 차지했을 때, 마치 큰일이라도 난 듯이 다급한 목소리로 전화를 하셨어요.

"여울아, 이건 말이지. 지구를 한 바퀴 도는 홈런이야!"

"네?"

"네 책이 무려 3주나 종합 베스트셀러 1위를 차지한 것, 그게 나에겐 지구를 한 바퀴 도는 홈런처럼 통쾌하다고. 소설가나 시인이 아니라 문학평론가가 베스트셀러 1위를 차지하다니, 아마 이런 일은 역사상 처음일 걸."

선생님은 마치 자신의 일처럼 기뻐해주셨죠. 아니, 자신의 일보다 더 많이 기뻐해주셨어요. 선생님이 그렇게 들뜨고 설레는 목소리로 어떤 소식을 전해주시는 모습을, 저는 처음 보았거든요. 저에게 좋은 일이 생길 때마다 선생님의 커다란 눈이 더 커다랗게 부풀어 오르던, 그 모든 순간이 제 마음속에서 아름다운 추억의 별자리를 그립니다.

  이런 순간도 있었지요. 선생님과 나, 이승원 사진작가, 이렇게 우리 세 사람이 함께 두 달 동안 유럽 여행을 하던 나날이었어요. 선생님은 셰익스피어에 관련된 책을 준비하고 계셨고, 저는 헤르만 헤세에 관련된 에세이 집을 준비하며 취재차 여행을 하고 있었지요. 우리는 베니스 기차역에서 새 노트북컴퓨터와 지갑과 휴대폰까지 다 도둑맞는 참변을 겪고 잔뜩 풀이 죽은 상태였지요. 돈도 휴대폰도 아까웠지만, 선생님이 선물해주신 바람막이 점퍼와 엄마가 제 대학원 졸업을 축하하며 선물해주신 만년필 같은 소중한 물건들도 함께 도둑맞아 마음이 좀처럼 진정되지 않았어요. 뭐 하나 아깝고 속상하지 않은 물건이 없었지만, 가장 원통한 것은 사진작가 이승원 선생님이 한 달 넘게 찍어둔 무려 1만 컷의 사진이 저장된 애플 노트북을 도둑맞은 것이었지요. 베니스 경찰에도 신고하고, 없어진 휴대폰을 향해 문자메시지도 여러 번 보냈지만, 찾을 길이 전혀 없었지요. 우리의 소중한 추억과 정겨운 담소가 하나하나 서려 있는 그 모든 사진을 다시는 찾을 수 없다는 것. 그 끔찍한 사실을 도저히 받아들일 수가 없었어요. 우리 셋 모두 한동안 아무 말도 하지 못했지요.

며칠 후 아테네에서, 역시 선생님이 저를 그 깊은 절망의 수렁에서 구해주셨습니다. 우리는 37도에 육박하는 더위를 견디고, 정수리를 송곳처럼 찌르는 뙤약볕을 묵묵히 참아내며, 파르테논 신전을 멍하니 바라보았지요. 파르테논 신전은 무어라 말할 수 없는 웅장함으로 우리 앞에 버티고 있었지만, 이상하게도 생각만큼 감동적이지는 않았어요. 아직 베니스의 그 참담한 도난사건으로 인한 충격이 가시지 않았기 때문이었지요. 오히려 파르테논의 웅장함이 너무도 작고 작은 인간, 가방 하나를 도둑맞고 그 고통에서 벗어나지 못하는 제 옹졸한 마음가짐을 비웃는 것만 같았거든요. 파르테논 신전이 육중하고도 거대한 위용으로 제 앞에서 아른거릴수록, 저는 더 작아지고 초라해졌어요. 그런 제 마음이 비로소 여유를 찾아가기 시작한 순간은 오히려 기나긴 헤맴 끝에 디오니소스 극장을 찾은 뒤였어요.

무더위 속에서 그토록 헤매다가 마침내 디오니소스 극장을 찾는 데 성공한 사람은 역시 이승원 선생님이었지요. 제가 길을 잃을 때마다 항상 '인간 내비게이션'이 되어주는 사람이니까요. 파르테논 신전에서는 그렇게 바글

선생님과 함께한 모든 순간이 제 마음 속에서 아름다운 추억의
별자리를 그립니다.

거리던 여행자들이, 디오니소스 극장에 이르니 싹 사라졌지요. 그 광활한 디오니소스 극장에는 우리 셋밖에 없었습니다. 이곳에서 《오이디푸스》와 《안티고네》를 비롯한 수많은 그리스 비극이 상연되었을 거라는 생각이 들자, 저도 모르게 마음속에서 수천 년 전의 그리스 사람들을 상상하게 되었습니다. 수천 명의 사람이 모여서, 아버지를 죽이고 어머니와 결혼하여 자식까지 낳은 오이디푸스가 자신의 치명적인 죄를 깨닫게 되고 제 눈을 스스로 찔러 장님이 되는 장면을 바라보며 눈물을 흘렸을, 이 거대한 디오니소스 극장. 떠들썩하게 보수공사 중인 파르테논 신전과 달리, 디오니소스 극장은 초라한 폐허 그대로 거의 방치되어 있었지요. 평민들이 앉았을 법한 일종의 이코노미 석과 귀족들이 앉았을 법한 일종의 VIP 석은 확연히 달랐지요. 하지만 그 차이조차도 '이 수많은 좌석은 그저 버려진 돌들처럼 이곳에서 아무런 쓸모를 찾고 있지 못하구나'라는 공통점 아래서는 빛을 잃었지요. 그 쓸쓸함과 초라함이 오히려 디오니소스 극장의 처연한 감동을 더해 주었습니다. 저는 마음속으로만 생각했지요.

'그래, 내 마음속에서 소중한 것들을 항상 이렇게 버려져 있곤 했지. 그래서 더욱 아껴주어야 해. 사람들은 이곳

을 소중하게 여기지 않으니까.'

그 쓸쓸한 폐허 위에서 저는 비로소 그 모든 물건을 도둑맞은 슬픔을 잊을 수 있었습니다. 이렇게 텅 빈 비감에 잠겨 있는데, 선생님이 갑자기 미소를 지으시며 팔굽혀펴기를 힘차게 시작하셨습니다. 이승원 선생님과 저는 어안이 벙벙해졌지요.

"선생님, 오늘 날씨가 너무 더워서 더 힘드실 텐데. 갑자기 웬 팔굽혀펴기를 이렇게 열심히 하세요."

선생님은 칠십 대의 나이를 믿을 수 없을 만큼 그야말로 몸 가볍게 열 번의 팔굽혀펴기를 끝내신 뒤, 이유를 말씀해주셨지요.

"이건 승원이를 향한 감사의 세리머니야. 승원이 아니었으면 우리 이 아름다운 디오니소스 극장을 못 볼 뻔했잖아."

우리는 그 순간 누가 먼저랄 것도 없이 박장대소했지요.

"너희들이 베니스에서 가방 잃어버린 것 때문에 너무 상심한 것 같아서. 하지만 우리가 언제 이렇게 또 기나긴 여행을, 이렇게 멀리 올 수 있겠니. 여울이에게도 고마워. 여울이가 우리 세 사람을 위한 여행을 하나부터 열까지 다 준비하고, 비행기 예약부터 시작해서 각 나라별 숙소

예약, 기차표 예약까지 미리 다 해놓았잖아. 게다가 내가 이번 여행 중에서 가장 기대한 장소 중 하나가 바로 여기 디오니소스 극장이었거든. 아까 우리가 헤맬 때, 혹시 디오니소스 극장을 못 찾으면 어떡하나, 너무 걱정스러웠거든. 이제는 아무 여한이 없어. 너희들과 이 멋진 여행을 함께할 수 있어서 정말 기쁘거든. 고생한 너희들 마음이 쓰리겠지만, 그래도 잃어버린 가방은 그만 잊어버리자. 사진은 또 찍으면 되고, 우리가 본 것들은 어디 멀리 도망가는 것이 아니라 우리 마음속에 있잖아."

그래요, 선생님. 우리 마음속에 있는 그 찬란한 유럽의 풍경들은 그 어떤 도적떼도 결코 빼앗아가지 못할 거예요. 제가 우리 세 사람의 여행을 준비하면서 유난히 긴장할 수밖에 없었던 이유는, 우리 셋의 유럽 여행이 처음이자 마지막이 될 것 같은 이상한 예감 때문이었어요. 승원과 저는 몸만 건강하다면 언제든 다시 떠날 수 있지만, 고령의 선생님을 모시고 이렇게 긴 여행을 다시 떠나는 것은 현실적으로 어려울 것 같았거든요. 그 슬픈 예감이 이렇게 현실이 되어버리자, 우리들의 그 찬란한 디오니소스 극장, 그리고 선생님의 잊을 수 없는 감사 세리머니가 새삼 쓸쓸한 미소를 머금게 합니다. 그때는 그 돌멩이투

우리가 함께한 기쁨은 영혼의 반딧불이 되어 오래오래 환하게 빛
날 거라 믿습니다.

성이 거친 벌판에서도 팔굽혀펴기 열 개쯤은 식은 죽 먹기였던, 선생님의 그 눈부신 체력이 그립습니다. 그건 참 뜻밖의 기쁨이었어요. 뭔가 예상 밖의 화려한 이벤트가 생긴 것도 아니고, 뭔가 실용적이고 효율적인 성과를 올린 것도 아닌데, 디오니소스 극장에서 우리가 함께 누린 그 기쁨은 제 마음속에서 저절로 타오르는 영혼의 반딧불이 되어 오래오래 환하게 빛났습니다. 인생에서 그토록 아름다운 시간이 다시 오기 어렵다는 것을, 이제야 저는 뒤늦게 깨닫습니다. 다시는 되돌릴 수 없는 찬란한 추억의 불꽃, 그 중심에 '우리들의 디오니소스 극장'이 환하게 빛나고 있습니다.

내 마음속의 돌

여울에게.

금년에 나온 미국 시집들 몇 권 읽었다는 얘기한 적 있나? 요전 세미나 마치고 신사동 쪽으로 가면서 미국 시의 소탈함이랄까, 사물의 명징성을 떠올리면서, 그에 비하면 우리 시들은 대체로 뭔가 심각한 것을 깊이 간직하고 있는 듯한 포즈가 두드러져 보이는 경향이 있다고 말했던 것 같은데… 맞아, 그러면서 캐롤린 포체Carolyn Forché의 〈돌들의 박물관〉이란 시에 대해 조금 얘기했던 것 같다. 그래서 오늘은 그 시를 번역해볼까 해.

돌들의 박물관Museum of Stones

이것은 당신의 돌들, 성냥 상자와 깡통에 들어 있는,

길가, 지하배수로, 그리고 구름다리,

전쟁터, 탈곡장, 바실리카, 도살장에서 수집한-

돌들, 거리의 탱크들 때문에 느슨해진,

최초의 지도를 린넨 위에 잉크로 그린 어떤 도시에서 가

져온,

어떤 시체의 손에 들어 있는 학교 운동장의 돌들,

보들레르의 *oui*에서 가져온 조약돌,

우리 마음속의 돌

하나의 침묵에서 다른 침묵으로 옮겨진,

환상열석環象列石과 무더기의 돌, 편암과 이판암, 각섬석角

閃石,

마노, 대리석, 맷돌, 성가대석과 조선소의 폐석들,

백악, 이회토泥灰土, 사원들과 묘지들에서 나온 이암,

뼈들이 가지런히 놓여 있는 동굴에서 나온 돌,

한 도시를 매몰한 용암, 등대, 수도실修道室 벽, 기록실에서

떼어낸 돌들,

군대에 맞서 일어선 자들의 손에 있던 포도석鋪道石,

종들이 떨어진 곳의, 다리들이 날려간 곳의 돌들,

유리창을 통해 날아든 것들, 편파적인 탄원들,

장석長石, 장미 석영, 청색편암, 편마암, 그리고 규질암,

땅거미 질 무렵 수도원의 파편들,

바미안에 조성된 부처님의 사암 발가락,

세 개의 십자가와 하나의 지하실이 있는 언덕,

황새들이 어린아이처럼 우는 굴뚝에서 떨어져 나온 돌,

별들에서 새로 떨어진 돌들,

돌들의 고요, 하나의 심장,

제단과 경계의 돌, 표지석과 돌그릇, 첫 투척, 짐과 환호,

돌다리의 돌들과 포장하고 틀어막는 돌들,

돌 사과, 돌 바질, 너도밤나무, 베리, 돌 쇄토기,

몸의 결석, 장님만큼 귀머거리만큼 싸늘한,

온 세상이 채석장, 모든 삶이 노동, 돌–얼굴, 돌–숙취,

인간의 새벽으로 들어오는 태양의 길을 가리키는 돌처럼

옮길 수 없고 신성한 성지 또는 성스러운 장소, 그리고 유

골 동굴이

될 희망으로 한 자리에 모은, 이 돌무더기 집합.°

°　　Carolyn Forché, *In the Lateness of the World*, Penguin Books, 2020.

살아 있음이 특별히 고마울 때가 있다. 이런 시를 번역할 때도 그렇다.

이 시의 번역은 원문의 어순을 거의 그대로 따랐다. 구문이나 의미보다는 강렬한 물질적 이미지를 간직한 사물들의 배치가 더 중요하다고 생각했기 때문이다. 마침표가 하나밖에 없는 이 긴 시의 행들 끝에는 쉼표가 붙어 있는데, 쉼표가 붙지 않은 행은 다음 행의 수식을 받는다. 그래서 별다른 혼돈은 생기지 않는다. 그런데 보들레르의 *oui*는 시 제목일까? 그래서 《악의 꽃》과 《파리의 우울》의 목차를 한 번 훑어봤는데, 그런 제목은 찾지 못했어. 그렇다면 보들레르는 *oui*라는 단어를 사전적 의미가 아닌 다른 뜻으로 썼을까? 이를테면, 'yes'의 의미가 아닌, '창고' 또는 '개울가' 같은 뜻으로? 이런 걸 알려면, 앞의 두 시집을 다 읽어봐야 하는 게 아닐까?

그건 그렇고, 첫 행의 "이것은 당신의 돌들"에서 '당신'은 누구일까? 화자가 말하듯이 그 돌들이 정말 자신의 것이 아니라 '당신의' 것이라면, 그것들 하나하나를 어디에서 주워왔는지 어떻게 알 수 있을까? 돌들의 애초의 소재지를 다 알고 있다는 건 그 돌들이 화자의 것일 수밖에 없다는 의미를 함축하는데, 그렇다면 왜 굳이 자기 것을 '당신'의 것이라고 했을까? 이렇게 돌들의 소유자가 불분명해지면서, '당신'은 화자가 마음속에 떠올릴 수 있는 특정한 사람이 아니라 불특정 다수를 지칭하는 것처럼 보여. 그리고 나아가서 우리 모두를 떠올리게 해. 나는 이 대목에서 안도감을 느꼈어, 나만 그런 게 아니구나, 하고. 나도 가끔 돌을 주워올 때가 있는데, 그런 행위가 왠지 떳떳하지 않게 느껴지기도 했어. 나의 행위가 막연한 소유욕, 또는 '저 돌에 대한 매혹은 나밖에 못 느낄 테니까 내가 가져가야지' 하는 아전인수 같은 이기심이나 오만의 결과일 수도 있다는 느낌이 들기도 했거든.

그렇게 돌은 보편적 욕망의 대상이 되고 있어. '황금을 보기를 돌같이 하라'는 말의 맥락에서 보면, 돌은 아무도 소유욕을 느끼지 않는 흔한 사물일 뿐이야. 그런데 이 시의 맥락에서 보면, '나'는, '당신'은, '우리'는 돌에 대한 막연한 욕망을 가지고 있어. 그 욕망은 돌 자체일 수도 있고, 특별한 기억을 떠올리게 하는 매개물일 수도 있어. 그런데 내가 돌에 이끌리는 것은 그것들을 손에 쥘 때 느껴지는 어떤 감각적인 느낌이야. 그 느낌은 때론 아주 거창해. 지구를 만지고 있는 듯한 느낌! 때론 돌이 장구한 시간의 응축처럼 느껴지기도 해. 물가에서 주워온 둥글고 돌을 손에 쥐면, 때론 그게 지구의 뼛조각처럼 느껴지기도 해. 무엇보다 지구와 직접 접촉하고 있는 듯한 이 느낌이 좋아.

매끈한 돌들이 그래. 그 돌들이 그런 모양을 갖게 되었을 때까지 얼마나 오랜 시간이 흘러갔을까, 하는 생각이 그런 느낌을 자아내는 거지.

내 방에도 대여섯 개의 돌이 있어. 산이나 물가, 또는 산책길에 주워온 것들이야. 그냥 보기만 하는 것도 있고, 특별한 용도로 쓰이는 것도 있어. 갸름하고 납작한 것은 문진으로 쓰기도 해. 그리고 묵직하고 단단하고 차갑게 보이는 돌은, 무더운 여름밤, 손에 쥐고 자기도 해. 가장 특이한 것은 선혈이 엉겨 붙은 듯 보이는, 그래서 가시밭길을 헤쳐 온 듯 보이는 앙상한 발 모양의 돌이야. 아차산 자락을 걷다가 팥죽 같은 황토에서 삐죽, 머리를 내밀고 있는 것을 뽑아보니 그런 모양이었어. 그 돌을 보면, 십자가를 지고 골고다에 올랐던 예수의 발이 절로 떠올라.

돌을 보면 마음이 차분하게 깊어지는 느낌이 들게 되는 건 그 속에 응축된 장구한 시간성, 견고하면서도 쇠붙이와는 다른 마모성磨耗性을 지니고 있기 때문 아닐까? 그래서 모양도 감촉도 가지각색인 그것들이 수집 대상이 되기도 하는 것 아닐까? 돌을 손에 쥐면, 때론 그게 지구의 뼛조각처럼 느껴지기도 해. 무엇보다 지구와 직접 접촉하고 있는 듯한 이 느낌이 좋아.

여울의 편지 4

황광수 표, '사랑의 기술'

선생님.

혹시 저에게 서운한 것은 없으셨나요.

서운함이 있다면, 제 모자람이자 어리석음 때문이라 생각하시고, 부디 너그러이 용서해주시면 좋을 텐데. 이런 생각을 하다가 저는 친구에게 제 마음을 털어놓았어요.

"있잖아, 나의 멘토 황광수 선생님 말이야. 아무리 생각해도, 나는 선생님께 서운한 것이 단 한 가지도 없어. 아무리 좋아하는 사람이라도 한두 가지쯤은 서운한 것, 차마 말 못하는 속상함 같은 것이 있게 마련인데."

그랬더니, 친구가 이러는 거예요.

"에이, 거짓말. 어떻게 사람이 그래. 한 번 더 생각해봐.

아무리 훌륭한 황광수 선생님이라도, 아주 작은 실수는 하실 수 있지 않을까."

그래요. 참, 어떻게 사람이 그래요. 아무리 멋진 사람이라도 서운한 구석이 한두 개 정도는 있게 마련이지요. 그런데 정말 몇 달 전 저에게 정말 딱 한 번, 서운한 일이 일어났지요.

바로 선생님이 저의 도움을 거부하신 순간이었어요. 제 문병을 거절하셨을 때는 어느 정도 예상한 일이었기 때문에 덜 서운했는데, 그날은 눈앞에서 선생님이 힘들어하시는 걸 생생하게 바라보고 있었기 때문에 더 마음이 아팠습니다. 그날 우리들의 고전 읽기 세미나는 6호선 한강진역 근처에서 시작되었지요. 그날따라 문을 닫아버린 카페들이 많아서, 자꾸만 선생님을 더 멀리 걷게 만들어 죄송한 마음이었거든요. 지하철역 근처에는 카페들이 모여 있기 마련인데, 그날은 무슨 일인지 카페들이 꽉 차 있거나, 거리두기 때문에 손님을 더 받지 않거나, 그나마 남은 카페들은 문이 잠겨 있었어요. 큰길 건너편에는 카페가 있을 것 같아서 선생님을 지하도 쪽으로 모셨는데, 지칠 대로 지친 선생님이 그만 계단에 풀썩, 주저앉으셨지요. 제 곁에서 늘 든든하게 버티고 계셨던 선생님이라는 거목이, 바로 제 앞에서 무너지는 느낌에 소스라쳤습니다.

아직 우리가 만난 지 십 분도 안 된 상황이라 그렇게 빨리 선생님이 지치실 줄은 몰랐기에, 더더욱 어쩔 줄 몰랐어요. 하지만 이내 정신을 차리고 선생님을 업어서라도 집에 데려다드리겠다고 생각했지요. 제가 반사적으로 선생님을 일으켜드리기 위해 어깨를 들어올리려 하니까, 선생님이 온 힘을 다해 제 도움을 거절하시는 몸짓이 느껴졌어요. 저는 깜짝 놀랐어요. 선생님을 부축해드리려는 제 마음이 잘못된 것일까. 제가 혹시 뭘 잘못했나 싶어 당황스러웠지요. 선생님은 제 마음을 아셨는지, 희미하게 미소 지으며 말씀하셨지요.

"혼자 걸을 거야. 아직은 혼자 걸을 수 있어. 그런데 여울아, 너무 멀리 가지는 말자. 저 모퉁이까지는 혼자 걸을 수 있을 것 같아."

까마득한 제자인 저에게 기대고 싶지 않은 선생님의 마음을 아주 조금은 알 것 같았어요. 하지만 선생님이 저에게 한사코 기대지 않으시려 했을 때, 한사코 혼자 걸으시려 했을 때, 처음으로 선생님께 서운했어요. 그게 딱 한 번, 제가 선생님께 섭섭했던 순간이었지요. 굳이 '딱 한 번의 서운함'이라도 찾아야 한다면 말이지요. 사실은 그 순간에조차, 저는 서운하기보다 선생님 안의 어떤 무시무시한 꿋꿋함에 감동을 받았지만요.

돌이켜보니 제 주변의 모든 사람이 아무리 저를 아끼고 사랑해주어도 한두 번 이상은 저를 서운하게 한 적이 있거든요. 저도 그들에게 그랬고요. 뒤늦게 사과하기도 하고, 뒤늦게 섭섭함을 표현하기도 하고, 그렇게 우리는 서로 사랑하면서도 크고 작은 생채기를 내며 살아갑니다. 기대가 크니까 서운함도 크기 마련이지요. 그런데 선생님은 유일하게 제 가까운 사람들 중에서 저를 좀처럼 서운하게 한 적이 없었던 사람이었어요. 선생님은 제게 줄 수 있는 마음의 크기를 단 한 번도 계산하지 않으셨으니까요. 아무것도 계산하지 않고, 이렇게까지 이 다 큰 아이를 예뻐해도 되나 하는 의구심 따위는 없이, 선생님이 한 번도 가져본 적 없는 상상 속의 딸인 것처럼 저를 완전 무결한 기쁨으로 사랑해주셨어요. 전 그걸 처음부터 알았던 거예요.

그럼에도 불구하고, 선생님. 저에게 조금 더 기대셨으면 좋겠어요. 뭐든지 부탁하고, 뭐든지 이야기해주셨으면 좋겠습니다. 선생님이 저에게 베풀어주신 그 모든 우정과 사랑의 기억을, 저만 알고 있는 것이 너무 안타까울 때가 많았어요.

돌이켜보니, 제가 아는 사람들 중 가장 사려 깊고 너그러운 선생님조차도 사람들에게 상처받을 때가 있었습니다. 사람들은 선생님의 바로 그 사려 깊고 너그러운 성정을 이용하기도 했지요. 선생님은 어떤 권력도 탐한 적이 없지만, 사람들은 선생님에게 어떤 크고 작은 권력을 기대할 때가 있었지요. 몇 달 전 선생님은 사람들에게 상처받는 순간들이 있었다며 저에게 이런 이야기를 들려주셨지요.

"내가 출판사 주간과 문학 계간지 편집위원을 여러 번 맡았잖아. 그때마다 겪게 되는 딜레마가 있었어. 나를 통해 책을 내려고 하는 사람, 나를 통해 등단하거나 작품 하나라도 잡지에 실으려는 사람들이 많았지. 그런데 내가 그런 기미를 항상 재빨리 포착하는 건 아니었어. 나는 나에게 다가오는 사람들을 의심하고 싶지 않거든. 그런데 나에게 순수한 호의로 다가와서 정말 좋은 후배나 제자라고 생각했는데, 나중에 알고 보니 나를 통해서 책을 출간하거나 자기 작품을 내가 관여하는 잡지에 실으려는 사람들일 경우가 많았지. 그때마다 내 일을 사랑하면서도, 내 일에 대해 깊은 비애를 느꼈어. 문학은 여전히 사

선생님의 무시무시한 꿋꿋함을 사랑합니다.

랑하지만, 문학판에서 살아남는 것은 지긋지긋해. 저번에
K 작가가 나한테 아주 비싼 스카프를 선물하려고 가져왔
더라고. 그래서 내가 그 사람에게 그랬어. 나에게 아무것
도 선물하지 말라고. 그 친구가 나에게 뭔가를 선물하지
않아도, 내가 좋다고 생각하는 작품은 반드시 출판사에
추천할 거고, 좋지 않다고 생각하는 작품은 단 한 사람에
게도 추천하지 않을 거니까."

　돌이켜보니 우리 둘은 나이도 성별도 자라온 환경도
모두 달랐지만, 그 모든 차이를 뛰어넘는 매우 중요한 공
통점이 있었어요. 첫 번째는 '누가 뭐래도 평생 문학청년'
이라는 공통점, 두 번째는 '평생 불안을 공기처럼 호흡하
는, 끝내 프리랜서'라는 공통점이 있었지요. 세 번째는 '타
인에게 잘 보이기를 극도로 싫어하고, 타인이 나에게 잘
보이려는 것은 더욱더 싫어한다'는 공통점이 있었어요.
타인에게 아첨하기 위해 내 뜻을 굽히는 것을 병적으로
싫어하는 꼿꼿함. 그것이 선생님과 저의 가장 중요한 공
통점이었다는 것을 이제야 알 것 같습니다. 저는 평생 프
리랜서로 살아왔기에 '지위'로 인한 권력은 전혀 누릴 일
이 없으리라 믿었는데, 그것은 저의 순진한 오판이었습
니다.

조직의 대표 같은 명약관화한 권력이 아니더라도, 우리가 문학평론가였다는 사실만으로, 우리가 문학잡지의 편집위원이었다는 사실만으로, 심지어 시간강사라는 한시적 자격으로 학생들을 가르쳤다는 이유만으로, 우리에게 '무언가'를 기대하는 사람들이 많았어요. 공부는 열심히 하지 않고 좋은 학점만 기대하는 학생도 있었고, 좋은 학점을 받지 못했다는 이유로 저를 여러 번 전화로 괴롭히는 학생도 있었고, 자신이 어떤 수업을 들었는지 밝히며 제 글에 악성댓글을 다는 학생도 있었지요. 저에게 멋진 추천사를 써줄 것을 요구하며 접근하는 사람도 있었고, 제가 관계 맺고 있는 출판사를 소개해줄 것을 요구하며 자신의 원고뭉치를 내미는 사람도 있었지요. 그런 일을 당할 때마다, 저는 '꼿꼿하게 오직 자신이 옳다고 생각하는 그 길'만을 걸어온 선생님의 단호한 눈빛을 떠올렸습니다. 어떤 학생이 자신의 학점으로는 도저히 장학금을 받을 수 없다며 무조건 학점을 올려달라는 이메일을 썼을 때, 저는 "이런 학생은 도대체 어떻게 설득해야 하냐"고 선생님께 물어본 적이 있었지요.

"설득은 필요 없어. 회유도 가르침도 중요한 게 아니야. 절대로 안 되는 일을 은근슬쩍 되게 만들려는 그 학생 선생님의 단호한 일갈, 마치 제우스의 번개처럼 제 머리 위로 강력하게 내리꽂히던 그 서릿발 같은 통쾌한 충고를 너무나 간절히 듣고 싶어요.

의 태도가 전적으로 잘못된 거잖아. 여울아, 고민할 필요도 없는 걸 왜 고민해?"

정말 그랬습니다. 저는 "아니오!"라는 단 한 마디 단호한 대답이 필요할 때도 뭔가 '좋은 사람처럼 보이고 싶은 열망'을 포기하지 못하고 있었던 거예요. 저에게 학점을 올려달라고 부탁한 그 학생에게는 설득이나 회유가 필요한 것이 아니라 "절대로 안 된다"는 단 하나의 정답이 필요한 거였어요. 선생님은 '사람들이 날 싫어할 것 같아서' 행동 지침을 바꾸는 일이 결코 없으셨지요. 선생님과 다르게, 저는 무조건 사랑받고 싶었어요. 제가 사랑할 수 없는 사람들에게조차, 사랑받고 싶었지요. 하지만 이런 딜레마에 빠질 때마다, 즉 '내가 해서는 안 될 일'을 부당하게 요구하는 사람들의 유혹에 직면할 때마다, 저는 선생님의 그때 그 단호한 일갈을 생각합니다.

"고민할 필요도 없는 걸 왜 고민해?"

맞아요. 저는 고민하는 척하면서, 사실은 그저 사랑받고 싶었던 거예요. 그 학생이 저를 싫어하지 않기를, 그 학생이 저를 미워하지 않기만을 바랐던 거예요. 누군가를 가르치는 사람으로서 오직 뚜렷한 원칙만을 생각해야 할 때, '내가 거절한다고 해서 그 사람이 나를 싫어하지 않았으면 좋겠다'는 마음속의 복잡한 계산기를 두드리고 있었던 거예요. 이제는 '그래도 불특정 다수에게 사랑받고 싶다'는 과도한 욕심을 많이 내려놓았습니다. 여전히 '고민할 필요도 없는 것'을 쓸데없이 오래 고민하는 것이, 저와 선생님의 결정적인 차이이긴 하지만요.

다시 한 번 선생님의 단호한 일갈을, 마치 제우스의 번개처럼 제 머리 위로 강력하게 내리꽂히던 그 서릿발 같은 통쾌한 충고를, 간절히, 너무나 간절히, 듣고 싶어요. 사람들은 충고나 조언을 싫어하는 시대라고 하지만, 충고나 조언을 잘못했다가는 '꼰대' 소리 듣기 딱 좋다고들 걱정하지만, 저는 여전히 지혜로운 충고나 따스한 조언을 절실하게 필요로 해요. 저는 아무리 성장해도 한참 모자란 존재임을 너무 잘 알기 때문입니다.

많은 사람들은 매일 서로를 서럽고, 서운하게, 섭섭하게 만들면서 살아가지요. 하지만 선생님을 생각하면, 그렇지 않은 삶, 서로에게 결코 상처 주지 않는 삶이 가능하지 않을까, 기쁜 마음으로 상상하게 됩니다. 우리가 부디 오늘부터 곧바로 이런 삶을 시작했으면 좋겠어요. 서로에게 상처 주지 않고 더 깊고 더 너른 마음으로 사랑하기, 서로를 아프거나 두렵게 하지 않고도 재능을 키워주기,

자신의 욕심을 사랑이라 착각하면서 은근히 집착하고 터무니없이 기대하지 않기. 그것이 바로 선생님께 배운 '황광수 표, 사랑의 기술'이니까요.

인간에게는 가족의 사랑만으로는 갈무리되지 않는 결핍이 있습니다. 가족들은 저를 더할 나위 없이 사랑해주지만, '이 사랑은 너무 지나치다' 싶을 정도로 과도한 사랑의 폭풍에 쓰러질 정도로 우리 가족은 서로 사랑하지만, 가족이 아닌 또 다른 타인의 사랑과 우정이 절실히 필요할 때가 있습니다. 저는 여전히 친구가 필요하고, 스승이 필요하고, 그리고 무엇보다도 언제나 제 곁에서 '제 안의 또 다른 목소리'가 되어 저를 응원해주는 선생님이 필요합니다. 아무런 기대도 계산도 없이, 다만 베풀어주고, 어여뻐하고, 보살펴주고, 보듬어 주기. 그것이 바로 제게 여전히 필요한 '황광수 표, 사랑의 기술'입니다.

꿈 이야기

여울에게.

지극히 제한된 공간에서 살고 있는 나에겐 가끔 꿈이 삶의 감각을 확장시켜주기도 해. 짧고 낯익은 길들만 걷다가 허방에 빠져 갑자기 낯설고, 괴기스럽고, 음산한 세계로 떨어져 끔찍하고 혐오스러운 곳에 옴짝달싹 못하고 갇혀 있는 듯 느껴질 때가 더러 있어. 난 요즘 꿈꾼 적이 거의 없는데, 나의 내면이 너무 삭막해진 탓이 아닐까 하는 생각이 스치기도 했어. 그런데 그저께 밤에는 꿈을 세 개나 꿨어, 항암주사를 맞기 위한 준비로 새벽 두 시에 약을 열여섯 알 먹고 잠을 이루지 못하다가 설핏 잠든 짧은 시간 동안에.

첫 번째 꿈

오랜만에 섹스와 관련된 꿈을 꿨어. 섹스를 하는 꿈이 아니라 '섹스와 관련된 꿈'이야. 전립선과 고환을 말끔히 제거해버린 데다 주기적으로 호르몬 억제제를 맞고 있는 내 몸에서는 섹스에 대한 욕망이 싹 사라져버렸거든. TV 에서 영화를 보다가 남녀가 성행위를 하는 장면으로 접어들면 채널을 얼른 다른 데로 돌릴 만큼 성행위 자체가 역겨워보일 때가 많아. 그런데 나 자신이 주인공인 꿈속에서는 역겹지는 않지만, 실패에 대한 두려움이 앞서게 돼. 그런데 이번 꿈에는 '성행위'가 성적 욕망과는 아무런 관계도 없는 것처럼 느껴졌어.

길에서 우연히 어떤 서양 여자를 만났는데, 너무도 자연스럽게 그녀와 함께 작은 방에 들어갔어. 나의 성적 불능이 조금도 부끄럽지 않았어. 그녀와 나는 조금 떨어진 자리에서 각자 제 할 일을 하고 있었는데, 분위기는 성행위를 치르고 난 후의 평온함이었어. 나는 웃통을 벗은 채 앉은뱅이책상에 앉아 뭔가를 쓰고 있었어. 그런데 갑자기 문이 덜컥 열렸어. 그녀의 남편인 듯 보이는 한 남자가 상체를 방 안쪽으로 기울이고 방 안의 분위기를 살피더니 다시 문을 닫았어. 분노나 공격성을 전혀 드러내지 않는 그가 참 이상하게 느껴졌어.

두 번째 꿈

나는 군인 같은 사람들을 세워놓고 제식훈련을 시키려고 했어. 이등병 시절 사단 훈련소에서 졸지에 '내무반장'이라는 완장을 두르고 동료들 앞에서 구령이란 걸 해본 적이 있어. 처음에는 목에 힘을 주고 큰 소리를 내는 것이 무척 어색하고 쑥스러웠지만, 나중에 제대로 된 구령 소리가 나오자 은근한 쾌감이 밀려오기도 했어. 그런데 꿈 속에서는 구령 소리가 시원시원하게 빠져나오지 않았어. 앞에 있는 사람들이 우왕좌왕하기 시작했어. 그들은 하나둘씩 슬금슬금 대오에서 빠져나갔어. (꿈속 특유의 시간 생략) 오합지졸이었던 그들이 전혀 다른 장면에 전혀 다른 모습으로 등장했어. 서부활극에서 인디언 마을을 급습하는 백인들처럼 말을 타고 내달리며 기성을 지르고 총을 쏘아댔어. 그들 앞에서 무장도 하지 않은 사람들이 픽픽 쓰러졌어. 그들은 구령하는 사람이 없어서 더 거침없는 듯 보였어.

내 유년의 바닷가에는 고통스럽고 아픈 기억들만 널려 있는 건
아니야.

세 번째 꿈

바닷가를 걷고 있었어. 왼쪽으로 고개를 돌리자 개펄 여기저기 솟아 있는 돌머리들이 보였어. 나는 그 삐죽삐죽한 돌들을 징검다리 삼아 이리저리 건너뛰며 균형을 잃지 않으려 애를 썼어. 그러다가 고개를 들었어. 번들번들하고 시커먼 개펄을 뒤집어쓴 한 사내가 반쯤 묻혀 있는 폐선 뒤에서 나타나 슬금슬금 다가왔어. 체격도 크지 않고 동작도 전혀 위협적이지 않았어. 그래도 무서웠어. 나는 도망치듯 개펄에서 빠져나왔어. 그 사내는 왠지 살아 있는 사람 같지 않았어. 그런데도 나와 무관한 사람 같지 않은 느낌이었어.

어제 오후, 항암주사를 맞는 동안 그 사내가 떠올랐어. 어쩌면 그 사내가 나 자신이 아닐까 하는 느낌이 스쳐갔어. 어린 시절 굴 껍데기가 잔뜩 붙어 있는 커다란 돌들 위로 조심조심 발을 옮기다가 미끄러져 날카로운 굴 껍데기에 발이 베어 피를 철철 흘렸던 나. 그와 함께 또 다른 기억이 떠올랐어. 어느 날 그 바닷가에 허옇게 불어터진 시체 하나가 떠밀려왔어. 그리고 그 자리에 꽤 오랫동안 방치되었어. 그 후 밥상에 생선이 오를 때마다 그 시체의 살이 떠올라 생선은 입에 댈 수조차 없었어.

그 험한 세월, 고향을 등지고 도시 속으로 숨어들어 목숨을 부지했던 우리 가족, 어머니, 세 누나, 갓난아기였던 여동생, 그리고 나. 너무도 낯선 세상에서 너무도 고통스러운 교육을 받으며 가면을 쓰고 살아오다 너무도 오랫동안 까맣게 잊어버렸던 그 소년이, 죽음의 문턱까지 가면을 벗지 못한 나에게 소름 끼치게 음산해보이는 개펄을 뒤집어쓴 사내의 모습으로 찾아온 게 아닐까, 눈물겹게도. 아니면 시체의 모습으로 내 어린 시절의 기억 창고를 점령했던 그 사내가 내 꿈속에서 그처럼 기묘한 모습으로 부활한 게 아닐까?

물론, 내 유년의 바닷가에는 고통스럽고 아픈 기억만 널려 있는 건 아니야. 지금까지 잊을 수 없는 희열의 순간도 있었어. 제목을 붙인다면, '다섯 살 소년의 게 잡이'라고나 할까.

다섯 살 소년의 게 잡이

게는 너무도 잽싸고 빨랐다. 아무리 살금살금 다가가도 어느새 알아차리고 제집으로 쏙 들어가버렸다. 실패를 거듭했고, 소년은 의기소침해졌다. 그래도 아무도 없는 집으로 돌아가고 싶진 않았다. 오늘은 꼭 한 마리 잡아야지, 오기가 생겼다. 소년은 게가 숨어버린 구멍 곁에 쪼그리고 앉았다. 바깥을 살피며 살금살금 기어 나오던 게가 소년의 손이 다가오자 번개같이 구멍 속으로 들어가버렸다. 소년은 게 구멍 속을 들여다보았다. 게는 완전히 사라져버린 게 아니었다. 깊숙한 곳에서 입구를 살피고 있었다. 그러다가 소년의 손이 다가오자 완전히 숨어버렸다.

소년은 게 구멍 속으로 살그머니 손을 넣어보았다. 구멍은 수직으로만 뚫려 있는 게 아니었다. 조금 내려가다가 수평으로 방향을 바꾸었다. 소년은 수평으로 나 있는 게 구멍의 방향을 가늠한 후 한 팔 남짓 떨어진 곳의 땅을 팠다. 그러자 입구에서부터 이어진 구멍이 나왔다. 게는 입구 가까이 있을 것이었다. 그렇다면? 소년은 낭창낭창한 버드나무 가지를 꺾어 와서 한쪽 손에 쥐고, 다른 손은 새로 뚫어놓은 구멍에 가져갔다. 그런 다음 버드나무 가지로 입구 가까이 있는 게를 공격했다.

그러자 게는 소년의 다른 손이 기다리고 있는 새로 뚫린 구멍으로 튀어나오다가 소년의 손아귀에 잡히고 말았다. 탐스러운 털북숭이였다. 아마 참게였을 것이다. 손가락을 물렸지만, 소년은 게를 놓아주지 않았다. 가슴 벅찬 희열이

햇살이 눈부시다.

밀려왔다. 게 한 마리 때문만은 아니었다. 게 구멍의 보이지 않는 구조를 알아낸 것, 게를 손쉽게 잡는 방법을 알아낸 자신이 너무도 대견하게 느껴졌기 때문이었다. 그 후 섬을 떠나지 않았다면, 소년은 자신을 둘러싼 환경 속에서 생활의 지혜를 터득해가며 자연스럽게 성장해갔을지 모른다.

햇살이 눈부시다. 우주복을 연상시키는 커다란 후드 달린 등산복과 무겁고 투박한 등산화를 신고 집을 나선다. 지구라는 행성을 처음 탐사하는 우주인처럼 무겁고 느리게 뒷동산을 걸어볼 참이다.

'나'를 생각하지 않아서 좋은 시간,
'나'를 깜빡해도 좋은 시간

선생님.

수술 후 건강은 많이 회복되셨는지, 전화를 하고 싶지만 전화조차 지금은 선생님께 부담스러운 일이 아닐까 싶어 편지를 씁니다. 문병도 거절하시고, "지금은 그저 내 병을 고치는 데 집중할게"라고 넌지시 제 걱정을 밀어내시는 선생님의 마음을 아주 조금은 알 것 같습니다. 선생님은 거절조차도 다정하신 분이라, 제 마음을 밀어내는 선생님의 마음이 더 아프실까 봐 차마 '그래도 찾아뵙고 싶다'는 응석은 부릴 수가 없었습니다. 제가 만약 선생님의 입장이라도 그럴 것 같거든요. 병실을 찾아오는 사람들에게 억지로 환한 미소를 지어주느라 아파도 마음껏 신음소리를 내지 못하는 것보다는, 아플 때만이라도 온전히 나와 만나는 시간을 가져보는 것이 조금이라도 마음의 휴식을 취할 수 있는 길이 아닐까 싶습니다.

선생님과 가장 여행하고 싶은 첫 번째 도시가 바로 아바나였는데, 마침 제가 아바나로 떠날 때쯤 선생님께서 많이 편찮으실 때라 차마 '잘 다녀오겠습니다'라는 인사조차 드리지 못했습니다. 그런데 이번 여행 이야기는 꼭 편지로라도 들려드리고 싶습니다. 언젠가 제가 "카스트로 사후의 쿠바가 너무 많이 변해버릴까 봐 걱정된다"는 말씀을 드렸을 때 이렇게 말씀하셨거든요. "걱정 마, 갑자기 변하지는 않을 거야. 카스트로가 떠난다고 해서 쉽게 바뀔 쿠바가 아니야." 저는 그 말씀에 커다란 위로를 받았습니다. 마치 '우리 마음속의 DMZ'처럼 뭔가 '세상이 너무 빨리 변해버려도, 그곳만큼은 변하지 않았으면' 하고 간절하게 염원하는 곳이 저에게는 쿠바였거든요.

과연 '너무 빨리 변해버릴까 봐 걱정스러운 쿠바'라는 저의 호들갑스러운 선입견은 기우였습니다. 쿠바는 오히려 제가 본 책들 속의 이미지, 영화나 소설 속의 분위기보다도 훨씬 더 예스러운 모습을 간직하고 있었습니다. 너무 낡아서 금방이라도 허물어질 것 같은 담장을 배경으로, 그 낡음이 무색하게 총천연색 과감한 색상으로 색칠한 올드카들이 마치 진흙 속에 핀 연꽃처럼 환하게 웃음 짓고 있었습니다.

교복을 입은 아이들의 얼굴은 하나같이 해맑고 장난기 그득해서 아이들을 바라보기만 해도 제 얼굴에 저절로 그들을 닮은 미소가 피어올랐습니다. 무엇보다도 쿠바의 역사를 증언하는 강력한 상징적 인물들, 호세 마르티, 체 게바라, 피델 카스트로의 흔적이 아바나 곳곳에 절대 사라지지 않는 '꿈틀거리는 현재'로서 생생하게 쿠바의 현재와 공존하고 있었습니다. 혁명광장에서 여전히 반짝이는 두 눈으로 아바나를 응시하고 있는 체 게바라와 호세 마르티의 동상은 영웅처럼 우상화되기보다는 영원한 쿠바의 수문장 같은 모습으로 든든하게 아바나의 현재와 공존하고 있었습니다.

'아바나가 저에게 특별히 아름다운 풍경을 선사한 것도 아닌데, 아바나의 거리를 걷기만 하면 괜스레 왜 이렇게 마음이 편해지는 걸까' 생각을 해봤더니, 아바나에는 세 가지가 없었습니다. 첫째, 고개를 숙이고 휴대폰을 바라보며 걷는 사람들이 별로 없습니다. LTE는 물론 와이파이도 잘 터지지 않다보니 사람들은 제한된 공간에서만 휴대폰으로 웹서핑을 합니다. 그러다보니 서로의 얼굴을 더 오래, 더 깊이 응시하는 것이 아닌가 싶었습니다. 아바나는 그야말로 이야기천국, 수다천국이었지요. 통화도 귀찮아하며 모든 것을 SNS나 문자메시지로 해결하는 우리와 달리, 아바나 사람들은 얼굴을 맞대고, 서로 자주 포옹하고 등을 두드리며 이야기를 나누었습니다. 둘째, 빨리 달리는 자동차가 별로 없었습니다. 일단 최신형 자동차가 거의 없어서, 차들은 웬만하면 천천히 달리고, 경적 소리도 내지 않습니다. 서두를 필요가 없는 도시인 것이지요. 사람의 힘으로만 달리는 자전거 택시가 전혀 느리거나 답답해보이지 않고, 오히려 '아바나를 천천히 바라보려면 저 정도의 속도가 적당하겠다'는 생각이 들었어요. 셋째, 공부에 찌든 아이들이 없었답니다. 학원가는 아이들도 없고, 영어 공부에 스트레스 받는 아이들도 없지요. 아이들은 정말 아이답게 여기저기서 아무 걱정 없이 뛰놀고 있었습니다. 이 세 가지가 없다는 것만으로 아바나는 대도시의 삶에 찌든 저의 숨통을 트이게 해주었습니다.

무엇이 '있어서'가 아니라 무엇이 '없어서' 더욱 아름다운 도시, 기계나 상품이 빼곡하게 인간의 욕망과 지능을 선생님, 요새 저는 '자존감'이라는 단어와 씨름하고 있습니다. 자존감을 잃은 사람들에게 '용기를 주어야 한다'는 강박 때문에 어떻게든 환하고 밝은 쪽으로 이야기를 이끌어나가려는 제 모습이 왠지 더 낯설고 어색하게 느껴지기도 합니다.

대체하는 것이 아니라, 기계가 부족하고 상품이 부족한 자리에 정겨운 소통과 오래된 삶의 지혜를 녹여내는 아바나 사람들의 여유가 아름다웠습니다. 그러니 '아무것도 하지 않는데 어쩐지 더욱 멋지고 아름다운 사람들'이 참 많은 곳도 아바나지요. 사람들은 저마다의 직업이 있지만 우리보다 쉬는 시간이 훨씬 많아 보였습니다. 바로 이 '휴식하는 사람들의 축제'가 매일 벌어지는 곳이 말레콘이지요. 아바나의 말레콘Malecon de la Habana은 무려 팔 킬로미터에 달하는 거대한 방파제이지만, 아바나 사람들에게는 모두를 향해 평등하게 열린 휴식의 장소이자 만남의 장소, 천혜의 낚시터이자 매일매일 열리는 작은 축제들의 장소이기도 합니다.

다양한 무료 공연과 작은 콘서트가 수시로 열리고, 연인들은 '데이트 비용 제로'인 상태에서도 얼마든지 카리브해의 파도소리라는 자연의 위대한 음악을 배경으로 삼아 달콤한 데이트를 즐길 수 있습니다. 걸핏하면 파도 위로 훌쩍 날아오르는 날치 떼와 《노인과 바다》에 나올 법한 청새치들의 거대한 뒤척임의 몸짓 또한 스크린 없이 상영되는 자연의 장엄한 영화지요. 말레콘에 앉아 있으면 시간의 흐름을 잊습니다. 아무리 사람이 많아도 모두가 긴장을 탁 풀고 있기에 '타인의 시선'조차 잊어버립니다. 마침내 내가 누구인지, 여기서 도대체 왜 이러고 있는지도 잊어버리게 됩니다. 더 나은 내가 되고 싶은 열망, 더 좋은 무언가를 갖고 싶은 욕심을 내려놓게 됩니다.

선생님, 요새 저는 '자존감'이라는 단어와 씨름하고 있습니다. 여기저기서 '자존감에 대한 질문'이 쏟아지고, '자존감'에 대해 강의를 해달라는 요청도 받고 있는데, 정작 '나의 자존감은 과연 괜찮은 것인가'라는 의문이 들어 괴로워하던 중이었습니다. 자존감을 잃은 사람들에게 '용기를 주어야 한다'는 강박 때문에 어떻게든 환하고 밝은 쪽으로 이야기를 이끌어나가려는 제 모습이 왠지 더 낯설고 어색하게 느껴지기도 합니다. 선생님께는 밝은 모습을 보여드리려고 노력했지만, 저는 사실 자존감이 높은 사람은 아닙니다. 자존감이 높지 않은 대신, 저는 '제 자신에게 정직해지는 것'이 더 중요하다고 생각합니다. 여행은 그런 면에서 저도 모르게 '자존감'이라는 단어조차 깜빡하는 시간, 지나친 에고의 울타리를 벗어나는 시간, 그러니까 나와 전혀 다른 사람들이 살고 있는 낯선 장소를 향해 관심의 안테나를 드리움으로써 에고를 향해 지나치게 몰입하는 제 평소의 모습과 결별하기 위한 몸짓

이기도 합니다.

아바나를 거니는 동안 끊임없이 쿠바의 역사와 문화에 대한 공부를 게을리하지 않으면서 저는 진심으로 '나를 생각하지 않아서 좋은 시간'의 순수한 기쁨을 발견했습니다. 내가 이래서 아직도 역마살을 떨쳐내지 못하는구나, 이래서 계획 없이 무작정 떠나는 여행이 나를 진정으로 해방시켜줄 수 있구나 하는 자기발견의 즐거움을 느끼는 순간이었습니다. 한꺼번에 많이 배우지 못해도 좋습니다. 내가 이해할 수 없는 도시와 나라의 역사와 문화를 공부하고, 좀처럼 친밀감을 느끼기 어려운 낯선 나라의 사람들의 풍습과 심리를 이해하려 노력하면서, 저는 '자기계발, 자존감, 자기긍정'이라는 너무 커다란 에고의 압박을 받고 있는 우리 현대인의 과잉된 자의식을 깨뜨릴 수 있었습니다. 자존감보다 더 소중한, 그냥 있는 그대로의 나를 발견하고, 다독이고, 응원해줄 힘이 생기고 있었습니다.

더욱 낯선 도시, 더욱 머나먼 도시로 떠난 뒤 다시 돌아올 때마다 저는 강해집니다. 도시를 하나 더 방문할 때마다 그곳에 친구 한 명씩을 두고 오는 것 같은 정겨움을 배웁니다. 어쩌면 '한 사람의 정체성'으로만 사는 것이 너

선생님, 얼른 아무 일도 없었던 듯 일어나셔서 다시 저의 아름답
고 든든한 말레콘이 되어주세요.

무 아쉽고 안타까워 저는 또 하나의 가상의 분신을 만들어 매번 그리운 여행지에 두고 오는 것인지도 모릅니다. 아바나에 두고 온 저의 가상의 분신은 잘 있을까요. 그곳에는 일에 빠져 살지 않는 나, 웬만한 일은 웃어넘기는 나, 춤과 노래도 즐길 줄 아는 나를 두고 왔습니다. 현실의 저는 지독한 '몸치'이지만요. 너무 철저히 나답게 사는 것, 자존감을 찾는 것에 골몰하는 우리 현대인들은 가끔은 전혀 다른 나, 다르게 살 수 있는 나, 나아가 '나를 뛰어넘은 뜻밖의 나'를 꿈꿀 마음의 여유가 필요한 것이 아닐까 싶습니다.

선생님과 함께 하는 고전 읽기 세미나도 저에게는 바로 그런 '또 다른 나와 만나는 시간'이 되고 있답니다. 얼른 쾌차하셔서 선생님의 따스한 목소리로 《베니스의 상인》이나 《데미안》에 얽힌 수많은 뒷이야기를 밤새도록 나눌 수 있는 '우리들의 작은 말레콘 페스티벌'을 다시 시작할 수 있기를 꿈꿉니다. 그리고 언젠가는 선생님과 함께 파도가 사정없이 온몸으로 달려드는 아바나의 말레콘에서 시원한 맥주 한 잔 할 수 있기를 꿈꿉니다. 제가 확실히 기억해둔 스페인어가 있는데요, 그건 '세르베사 Cerveza'예요. 쿠바에서도 멕시코에서도 페루에서도 제가 가장 많이 발음한 단어, 세르베사, 바로 맥주입니다. 쿠바 맥주는 크리스탈*Cristal*이 정말 맛있더군요.

아, 그러고 보니 저의 진정한 말레콘은 선생님이셨네요. 세상 모든 걱정의 파도로부터 저를 지켜주는 선생님과의 대화, 그것은 아바나의 팔 킬로미터짜리 말레콘보다 훨씬 길고 깊게, 만리장성보다 더 든든하게, 걸핏하면 타인의 비판에 상처를 입는 저를 오늘도 지켜준답니다. 선생님, 얼른 아무 일도 없었던 듯 일어나셔서 다시 저의 아름답고 든든한 말레콘이 되어주세요.

2

인터뷰

우리 사이엔
'문학'이 있으니까

떠올리기만 해도 평온해지는 사람 황광수와
행복한 글쟁이 정여울이 만나다

살면서 우리는 가끔 '더 이상 한 발짝도 나아갈 수 없다'는 절망에 빠질 때가 있다. 그런 순간에는 절망을 그 자체로 견디는 꾸밈없는 평온함이 필요하다. 누구의 위로도 진정한 효과를 발휘할 수 없기 때문이다. 오랜 절망을 견디는 힘은 행복이나 열정 같은 뜨거운 감정이 아니라 평온과 침착 같은 차가운 감정에서 나오는 것 같다. 평온은 젊은이들에게는 별로 매력적인 감정이 아니지만, 나이 들수록 매혹적인 감정이다. 평온, 그것은 강인한 영혼을 가진 사람만이 누릴 수 있는 축복 같은 것이다. 나 같은 사람은 천성적으로 평온과는 거리가 멀지만 끊임없이 평온을 동경한다. 내면은 고통으로 들끓는 가운데 외면의 평온을 간신히 유지하며 절망을 묵묵히 견디고 나면, 불현듯 사람이 그리워진다.

가족이나 친구 같은 친밀한 사람보다, 다소 멀리 떨어져 있음으로써 내게 '먼 곳에의 그리움Fernweh'을 자극하는 사람. 멀리 떨어져 있지만 '나는 혼자가 아님'을 따스하게 환기시켜주는 사람. 그 사람을 떠올리는 것만으로 마음이 평온해지는 사람. 만날 때마다 이야기보따리가 수북이 쌓이고, 그와 나 사이에 놓인 모든 간극이 아무렇지도 않게 좁혀지는 사람. 내겐 그런 분이 바로 황광수 선생님이다. 또래 친구는 아니지만 또래 친구보다 더 편안하고, 스승의 칭호를 거부하시지만 스승보다 더 따뜻한 분. 그분과 이야기를 나누는 것은 세상 모든 시공간의 모자이크로 이루어진 거대한 책을 읽는 것처럼 벅차고 눈부시다. 이 인터뷰는 황광수 선생님이 아직 건강하셨던 시절에 이루어졌다.

정여울 선생님, 그동안 잘 지내셨는지요. 인터뷰에 흔쾌히 응해주셔서 정말 감사합니다. 거절하시면 어쩌나 걱정 많이 했거든요. 요새도 등산 많이 하시나요? 저번에 스마트폰 사셨던데, 이제 디지털 기기에 많이 적응하셨는지요?(웃음)

황광수 요샌 일이 바빠서 많이 못 다니지. 그래도 틈날 때마다 가끔 등산하면서 사진 찍는 게 재밌더라고. (손수 촬영하신 들꽃과 나비, 벌새를 보여주시며) 이런 것들 찍으면서 다니곤 해. 사람은 안 찍어.(웃음)

정여울 오늘은 선생님께서 문학에 관심을 가지게 된 계기부터 이야기를 시작해볼까 해요. 중학교 때 《맥베스》를 처음으로 읽고 받은 감동을 아직도 기억하신다고 들었어요.

황광수 보통 문인들 이야기를 들어보면 주변 사람 중에 대단한 장서가가 있어서 책을 좋아하게 되었다는 경우가 많아. 아버지나 사촌 형, 이웃집 아저씨의 책을 읽으면서 문학청년이 되는 스토리가 많지. 그런데 이런 경우도 있어. 이문구 선생은 아버지가 군당위원장이었기 때문에 한국전쟁 끝나고 초등학교 다닐 때부터 빨갱이의 자식이라는 자의식 때문에 늘 혼자서 배돌다가 어느 날 소설을 읽게 되었는데 밥 먹는 것보다 소설이 더 좋아서 밥 먹는 것도 잊고 소설을 읽었다고 하지. 어느 날 이문구 선생이 신문을 보고 이런 기사를 봤대. 어떤 수필가가 간첩으로 몰려서 사형선고를 받았는데 문인들이 구명운동을 하게 돼서 사형을 면했다는 기사였지. 항상 '빨갱이의 아들'이라는 것 때문에 괴로워했던 이문구 선생은 '글을 쓰면 최소한 죽진 않겠구나' 하는 생각을 하고, 그때부터 작가가 되기로 결심했다고 해. 그런 시절도 있었지.

거의 모든 문인은 어린 시절에 책을 많이 읽었다고 얘기를 해. 그런데 나는 그런 이야기를 들으면 항상 콤플렉스를 느꼈어. 나는 문학인이 되기에는 너무 까마득하게 멀리서부터 시작한 것 같아.

여하튼 거의 모든 문인은 어린 시절에 책을 많이 읽었다고 얘기를 해. 그런데 나는 그런 이야기를 들으면 항상 콤플렉스를 느꼈어. 나는 문학인이 되기에는 너무 까마득하게 멀리서부터 시작한 것 같아. 최초로 교과서 이외의 책을 읽은 건 중1 때 겨울방학 숙제로 《맥베스》를 읽은 거였어. 마녀들이 맥베스한테 미래를 예고하는 장면이 아직도 기억나. 마녀들의 예언은 아주 상징적이고 모호한 이야기였지만, 결국 그 예언을 '던컨 왕을 죽이는 쪽'으로 해석하는 이유는 모호한 예언의 의미가 지니는 다중성을 자기 욕망이 가는 곳으로 해석했기 때문이 아닐까.

맥베스는 범죄 중에서도 가장 극악한 축에 속하는 친족 살인을 범하는데, 그 악행에 복수를 하려는 세력들의 정당한 이성적인 행위보다 맥베스의 복잡하고도 고통스러운 심리 상태가 훨씬 매력적으로 다가왔지. 던컨 왕을 살해하려는 마지막 순간에 망설이는 맥베스에게, 부인은 이렇게 이야기하지. "일단 무언가를 하기로 결심했다면, 나는 내 젖을 빨고 있는 아이라도 내동댕이치고 망치로 머리를 바숴버릴 수 있다"고. 어찌 그리 악독할 수 있을까.(웃음) 하지만 어린 중학생이 해석할 수 없는 어떤 무의식의 층위에서는 신선한 충격이기도 했어.

정여울 그런 순간이야말로 인간의 본능에 대한 새로운 시야가 열리는 순간인 것 같아요. 정말 악독하지만, 정말 무섭지만, 그것 또한 지극히 인간적인 욕망의 일부라는 것을 깨닫게 되는 순간이요. 문학은 우리 내면에 그런 은밀한 각성의 순간을 새겨 넣는 것 같아요.

황광수 그렇지. 《맥베스》에는 아름다운 문장도 많았어. 특히 죄의식 때문에 불면에 시달리는 맥베스의 독백이 아름다웠지. "잠은 근심의 실타래를 풀어 곱디곱게 짜주는 것이라." 이런 문장은 소년의 미적 감각을 자극하던 아름다운 문장으로 남아 있지. 또 잊을 수 없는 문장이 있어. 맥베스의 죄의식이 커질수록 자기 정화에 대한 욕망도 커지는데, 자기 손에 묻은 피를 씻는 순간이 바로 그런 때였지. 손에 묻은 피를 아무리 씻어내도 죄의 정화는 불가능하다는 것을 깨닫는 순간. "내 손에 묻은 피는 대양의 물로도 씻을 수 없으리. 오히려 대양의 물이 붉게 물들어 버리리." 이런 독백의 문장이 아직도 기억나. 인생에 대해 조금 더 깊이 생각하게 된 자극제가 되었지.

정여울 그 이후로는 문학에 자연스럽게 흥미를 느끼게 되셨지요?

황광수 그런 셈이지.《맥베스》를 다 읽은 다음에는, 순전히 자발적으로《햄릿》을 사서 읽었지.《햄릿》을 읽으면서 눈물을 줄줄 흘렸어.(웃음) 남의 일이 아닌 것 같았거든. 내가 6대 독자였는데, 아버지가 돌아가신 지 십여 년 후에 어머니가 재혼하셨어. 내가 막 사춘기에 접어들었을 때 어머니가 재혼하신 게 그때는 커다란 충격이었지. 나에 대한 어머니의 사랑이 썰물처럼 빠져나간 기분이었어. 의붓아버지의 존재를 받아들일 수가 없었지. 한때는 가출도 결심했었는데, 오래 가진 못했어. 그때 햄릿의 심정을 절실하게 이해할 수 있었던 것도 아마 내 상황과 닮은 데가 있어서일 거야.

정여울 저는 오히려 선생님의 그 이야기를 들으니까《햄릿》이 지금에 와서야 더 잘 이해되는 것 같아요. 저는 햄릿이 숙부에 대한 증오보다 어머니에 대한 증오를 더 직접적으로 표출하는 것 같아서 마음이 아팠거든요. 여성의 입장에서 읽으면 햄릿은 너무나 자기중심적으로 보였어요. 어머니에게도 가혹했고, 오필리아에게는 더욱 어쩌면 햄릿의 고통을 통해 선생님의 아픔도 어느 정도 정화되지 않았을까 싶기도 해요. 문학작품 속에서 극단적인 고통을 겪거나 최악의 선택을 하는 주인공들을 안타깝게 바라보면서, 우리는 연민과 공감을 동시에 느끼고, 나아가 적어도 그런 극단적인 선택을 하지 않을 수 있는 여유와 용기를 얻을 수 있는, 삶에 대한 미적 거리를 확보하게 되는 것 같아요.

가혹하게 보였죠. 하지만 선생님의 이야기를 들으니 자신에게만 집중되었어야 할 어머니의 사랑이 다른 남자에게 갈 수 있다는 사실이 얼마나 충격적이었는지, 조금은 이해가 됩니다.(웃음)

어쩌면 햄릿의 고통을 통해 선생님의 아픔도 어느 정도 정화되지 않았을까 싶기도 해요. 문학작품 속에서 극단적인 고통을 겪거나 최악의 선택을 하는 주인공들을 안타깝게 바라보면서, 우리는 연민과 공감을 동시에 느끼고, 나아가 적어도 그런 극단적인 선택을 하지 않을 수 있는 여유와 용기를 얻을 수 있는, 삶에 대한 미적 거리를 확보하게 되는 것 같아요.

살며, 사랑하며, 싸우며

정여울 선생님은 정작 대학에 들어가실 때는 화학공학과를 선택하셨는데요. 어떤 계기가 있으셨는지요?

황광수 가족사적인 맥락이 있었지. 중학생 시절이었던 것 같은데, 내 여동생이랑 같이 광주의 중심가를 지나고 있었어. 비가 추적추적 내리는 거리를 걷고 있었는데, 어디선가 노란 레인코트를 입은 소녀가 나타난 거야. 그 순간 어린 내 여동생은 너무 초라해보이고, 그 아이는 공주처럼 환하게 빛나고 예뻐 보였던 거지. 그 선명한 콘트라스트contrast가 아직도 생생해. 그때 내가 여동생한테 그랬지. "효주야. 오빠가 나중에 돈 많이 벌어서 너도 꼭 저런 예쁜 옷 사줄게." 그 후로 어떻게 해야 돈을 많이 벌지 정말 고민했어.(웃음) 어린 내가 생각하기에 부자들은 주로 공장 사장님들이었거든. 공장 사장이 되려면 공대를 가야 해, 이런 식으로 생각했던 거야.(웃음)

정여울 꼭 작가가 되거나 비평가가 되어야만 '문학의 길' 위에 있는 건 아니지요. 오히려 그 '노란 레인코트 에피소드'는 우리 삶에서 정말 문학적인 순간들을 잘 보여주는 것 같아요. 문학의 길로 갈 수 없게 만든, 빙 둘러가게 만든 지극히 문학적인 에피소드 같아요.(웃음)

황광수 그래. 그런 와중에도 문학에 대한 관심은 항상 있었어. 우여곡절 끝에 한양대 공대에 들어간 이후에는 학교 공부에 정을 못 붙여서 강의도 빼먹고 틈만 나면 세계문학 전집을 읽었지. 그러다가 크리스마스 날 뉴스를 보니까 다음날이 대학교 원서 마감일이라는 거야. 그때 전광석화처럼 '이제 내가 정말 하고 싶은 걸 해보자'라는 생각이 들었지. 하루 만에 가까스로 서류 준비해서 원서 접수를 하고 연세대 철학과에 들어갔지. 그런데 그곳에 들어가서도 방황이 안 끝났어. 대학생 때 한창 공부할 나이에, 나는 아무런 준비도 없는 상태에서 강제징집이 되어버렸어. 내 의사와 상관없이 갑자기 강제징집되어 힘든 나날을 보냈지. 군대에 다녀와서 대학 동창의 소개로 와이프를 만났어. 와이프는 피아노를 전공했고, 음악교사였고, 나중에 수도여고 교장이 되었어. 정말 열정적이고 재능 있는 사람이지.

정여울 대학을 졸업하신 후에는 출판사 편집자로 오래 일하셨지요? 편집자로 일하시다가 문학평론가로 데뷔하신 독특한 케이스예요. 선생님 라이프 스토리를 들어보면, 아무리 피하려고 해도 결국 '문학의 길'로 돌아올 수밖에 없는 어떤 운명의 힘 같은 것이 느껴져요.

황광수 1972년에 민중서관에 들어갔다가, 이 년 후에

을유문화사로 옮기고, 1976년 쯤에 지식산업사로 갔을 때, 최하림 시인이 주간이었지. 그때 박경리 문학 전집의 홍보용 팸플릿을 만들었는데,《토지》를 읽고 감동한 이야기를 써보라고 하더라고. 정말 쓰기 싫었지만 버스 타고 가면서 단숨에 구상해서 열다섯 매를 써냈지. 그런데 최하림 씨가 읽어보고 그러더라고. 이런 문학적 재능을 왜 썩히느냐고. 그때부터 평론을 조금씩 쓰게 되었어. 김광석 시집 앤솔로지 해설도 쓰고. 내가 글을 쓴다는 소문이 퍼졌는지 어느 날 창작과비평사에서 연락이 왔지. 시인 이시영이 나한테 원고청탁을 했어. 황석영의《장길산》론을 쓰라고. 퇴근하면 저녁 일곱 신데, 새벽 두세 시까지 소설을 읽으면서 메모를 하고 준비하고 그랬어. 출판사 편집일과 평론 글쓰기를 함께 한다는 게 쉽지는 않았지.

꽤 오랫동안, 하나의 화두가 간간이 거북한 체증처럼 의식되곤 했다. 리얼리즘 논쟁의 끝자락에서 결론처럼 제시된 '확장'과 '심화'가 그것이다. 그 주역들은 어디론가 떠나버렸는데 구경꾼에 지나지 않았던 나는 그들이 남긴 표지 앞에서 하염없이 서성거리고 있었다. 어떤 때에는 그것이 종

착역의 기표처럼 쓸쓸해보이기도 했다. 그쪽 방향에서는 아무 소리도 들려오지 않는데, 낯선 징후들이 문학의 지평에 나타나 끝없이 다가오고 있었기 때문이다. 나도 자리를 털고 일어나 길 떠날 채비를 갖추어야 했다. 라캉이 '근원적 환상'이라고 부른 것을 끌어안을 수 있을 만큼 나 자신의 시각을 확장하지 않고서는 낯선 징후들과의 소통이 불가능하지 않을까, 하는 불안이 찬바람처럼 끼쳐왔다.

_ 황광수, 《끝없이 열리는 문들》, 자음과모음, 2012

편집자이자 문학평론가이자 가장으로 산다는 것

정여울 당시 문학평론가들은 대부분 문학 전공자들이 많았는데, 선생님의 이력은 굉장히 독특한 것 같아요. 편집자 일을 계속하시면서 평론가로서 글쓰기를 한다는 게 얼마나 힘드셨을지 상상이 잘 안 되네요. 편집자 일이 워낙 힘들고 시간을 많이 필요로 하는 일이라 따로 글을 쓸 시간을 낸다는 것이 절대 쉽지 않았을 것 같습니다.

황광수 당시 평론가들은 대부분 문학박사들이었고 나

나는 이론이 아니라, 작품과 역사적 현실을 연관 지어서 텍스트를 읽는 데 집중하고 싶었어. 역사란 그 시대를 사는 사람들의 몸과 마음에 새겨지는 어떤 것이겠지. 그 역사와의 연관성을 서술하는 것이 비평이어야 하지 않을까.

중에 거의 모두 교수가 되었지. 박사학위 자체가 중요한 건 아니지만, 그들이 자기 전공 분야에 기울인 공력은 내가 도저히 따라갈 수가 없었거든. 그러다 보니 오기가 생겼어. '나는 무식해. 고로 나는 무에서 유를 창조한다.' 이런 오기가 생겼지.(웃음) 외국 이론을 도입해서 작품을 해석하는 것보다는 '작품 자체를 살리는 비평'을 하고 싶었어. 오히려 지식이 작품을 제대로 읽는 데 방해가 될 수도 있거든. 자신의 지식 체계에 문학작품을 적용하려고 하면 작품의 고유성을 살릴 수가 없으니까.

나는 이론이 아니라, 작품과 역사적 현실을 연관 지어서 텍스트를 읽는 데 집중하고 싶었어. 프레드릭 제임슨○은 작품에 대한 평가의 최종심급은 역사적 현실이라고 했거든. 독자 자신의 감성과 지적 체계가 아니라. 역사란 그 시대를 사는 사람들의 몸과 마음에 새겨지는 어떤 것이겠지. 그 역사와의 연관성을 서술하는 것이 비평이어야 하지 않을까.

○   프레드릭 제임슨Fredric Jameson. 미국의 문학평론가. 대표작으로 《정치적 무의식》, 《변증법적 문학이론의 전개》 등이 있다.

정여울 선생님이 말씀하시는 역사는 우리가 머릿속에 흔히 떠올리는 역사 개념보다 훨씬 풍부하고 깊은 의미를 지니는 것 같은데요. 작품이 태어나고 자라는 모든 사회문화적 토대를 포함하는, 아주 넓은 의미의 역사이기도 하고요. 그런데 역사라는 것이 오늘날의 독자들에게는 굉장히 멀게 느껴지는 것도 사실이에요. 역사 자체에 무관심해지는 경향도 강하고, 서사를 해체한다든지 역사적 중력에서 이탈했다는 식의 텍스트도 많아지고 있으니까요. 그런데 과연 누가 역사로부터 도망칠 수가 있을까요. 과거와 결별하고, "오직 오늘날의 세태만 쓰겠다"고 결심한다 할지라도, 그 자체가 '현재의 역사'가 아닐까 싶어요. 한동안 '해체'라는 단어가 유행하긴 했지만, 해체는 원래 '붕괴'가 아니라 '풀어헤쳐서 다시 재구성하고 재배치하는 것'이 아닌가요. 해체는 붕괴를 위한 것이 아니라 새로운 창조를 위한 것이어야 하지 않을까요.

황광수 그렇지. 여기저기서 '해체'를 외치고, "문학은 죽었다"고 한탄하면서, 오히려 한국문학의 토대를 스스로 박탈하는 결과를 낳지 않았나 싶기도 해. 최근의 문학평론이 처한 어려움 중의 하나는 출판사의 상업주의에 매

몰되어서 작품에 대한 비판적 거리를 확보하지 못한다는 거야. 사실 이건 우리나라뿐 아니라 세계 비평의 역사에서 공통으로 존재하는 비평의 난제지. 비평가들은 자기 정체성의 희박함 때문에 괴로울 수 있지만, 오히려 이럴 때일수록 비평가의 몫을 자기 스스로 결정할 필요가 있어요.

프레드릭 제임슨이나 자크 데리다°처럼 자기 시대의 과제를 역사적 현실과 끊임없이 연결시켜서 읽으려는 노력을 해야 하지 않을까. 문학과 역사를 끊임없이 연결시켜 바라보려고 노력한다면 비평가는 자괴감에 빠질 필요도 없고 작가들에게도 반성의 계기가 될 수 있지. '한국문학이 죽었다. 따라서 비평도 죽었다.' 이런 식으로 사태를 바라보는 것은 정말 아무 도움도 되지 않는 것 같아.

우리가 비평을 멈출 수 없는 이유는

○ 자크 데리다Jacques Derrida. 알제리 출신의 프랑스 철학자. 대표작으로 《그라마톨로지》, 《마르크스의 유령들》 등이 있다.

정여울 "한국문학은 죽었다"라는 식의 극단적인 선언에는 '한국문학다운 어떤 것'에 대한 아주 협소한 정의가 깔려 있는 것 같습니다. '이런 건 문학적이고, 저런 건 문학적이 아니다'라는 식으로 분류하는 기준의 정당성을 질문할 필요가 있지 않을까 싶어요. 사실 어느 때보다도 다양한 소재와 장르의 문학작품이 급증하고 있는 지금, 소수의 집단이 모호하게 공유하는 '문학성'을 잣대로 '한국문학은 죽었다'고 평가하는 분위기는 심각한 문제인 것 같습니다. 극단적으로 아我와 적을 분리하고, 아주 비좁게 '주체'의 울타리를 만든 다음에, '나다운 것'의 좁은 정의를 빠져나가는 모든 이질적인 것을 적대시하는 태도는 문학뿐 아니라 정치 분야에서도 심각한 문제가 되는 것 같아요.

황광수 조금만 의견이 다르면 '종북'이라고 매도하고, 모든 비판적 담론의 싹들을 아예 자라지 못하게 싹 쓸어버리는 '일베'의 문화가 바로 그런 것이지. 이런 문화를 주도하는 사람들의 특징은 자신에 대한 비판적 성찰을 하지 않는 거야. 자신에 대한 비판적 성찰이 안 이루어지니까, 다른 사람에 대해서도 제대로 비판하거나 동조할 수

"문학은 죽었다"고 불평하기 이전에, 그런 불평을 하는 자기 자신은 누군가, 라는 질문을 해야 하지 않을까. 자기 자신에 대한 비판적 성찰로부터 비평도 시작되는 거니까.

없는 게 아닐까. 비평가들도 우선 "문학은 죽었다"고 불평하기 이전에, 그런 불평을 하는 자기 자신은 누군가, 라는 질문을 해야 하지 않을까. 자기 자신에 대한 비판적 성찰로부터 비평도 시작되는 거니까. 대상에 대한 비판적 거리를 유지하지 못할 때는 자기 자신의 내면까지도 철저히 비판할 수 있는 견결堅決한 순간을 경험해야 해. 그러고 나서 한 발 한 발 글쓰기로 나아가야지.

'문학성'이라는 것은 사실 버려졌다기보다는 아직도 과잉보호받고 있는 것이 아닐까. 그런 면에서 문학이란 무엇인가, 라는 질문은 비평가 스스로에게도 던져져야 할 질문이지. 꼭 시나 소설이나 비평만 문학이 아니라고 생각해. 다른 장르의 글쓰기도 얼마든지 문학에 포함할 수 있어. "문학은 죽었다"고 말하는 사람들은 문학의 경계를 너무나 좁게 바라보고 있는 거지. 민주화운동에 투신하던 사람들이 "적이 없어졌다"면서 한탄하는 것도 이런 맥락에서 다시 살펴봐야 하고. 적이 없어진 것이 아니라 적이 훨씬 더 커졌고 복잡해졌고 실체를 파악하기가 어려워진 거지. '문학은 죽었다'거나 '민주주의는 죽었다'라는 간단한 모토로 상황을 단순화시킬 것이 아니라, 저마다 내 안의 문학은 무엇인지, 내 안의 민주주의는 무엇인지 스스로 물어봐야 하는 순간이 아닐까. 사태의 복잡성을 너무 단순화해서 표적을 만들면, 늘 빗나갈 수밖에 없지.

정여울 2000년대 이후 비평가들이 '비평의 우울'이라는 주제로도 많은 이야기를 나누었는데요. 한마디로 '요새 비평을 누가 읽냐'는 회의적인 태도에서 나온 집단적인 우울증이 아닌가 해요. 이런 태도에도 사실 '문학적인 것'에 대한 무의식적인 자기규정이 묻어 있었던 것 같습니다. 저 자신도 이런 '비평의 우울'을 꽤 오래 겪었는데, 결국 '아직은 비평을 그만둘 수 없는 나'에서 해답을 찾으려고 노력 중입니다.(웃음) 아직도 저는 문학작품을 읽는 것이 그저 좋고, 제가 읽은 것을 독자들과 함께 나눌 수 있는 글쓰기를 하는 것이 무조건 좋으니까요.

황광수 '비평을 누가 읽겠냐'고 절망하는 것은 문제를 외부에다 두는 것이지. 모든 글쓰기는 누군가 내 글을 읽는다는 것을 전제로 하고 시작되니까. 글을 쓰는 순간 잠재 독자가 생기는 거지. '글을 쓴다'는 행위 자체로 모든 것이 끝나는 것이 아니라, 글쓰기는 타인의 '읽기'를 통해 완성되는 것이 아닐까. 그런 의미에서 우리는 더욱 성실하게 글을 써야 하고 이 지구상에 아직 예술가가 존재한다는 것 자체에 감사해야 하지 않을까.

예술이 지금까지도 살아 있다는 것이 '희망의 기지' 같은 것이 될 수 있는 가능성이 아닐까. 일부 평론가들이 볼때 '이 작품은 문학성이 떨어진다'고 해서 '문학의 죽음'을 단언할 것이 아니라, 문학을 새로운 관점에서 활성화할 수 있는 구체적인 방안들을 제출해야 해. 그게 비평가들의 임무고, '비평의 우울'을 이야기할 것이 아니라 그럼에도 불구하고 비평가가 무엇을 할 것인가를 이야기해야하는 거고. 아직도 문학작품을 읽는 독자들은 존재하고, 이 독자들이 마련해준 문학이라는 장을 가볍게 보아서는안 돼요.

문학과 민주주의는 통한다

정여울 우리가 읽고 쓸 수 있는 이 환경 자체를 소중히여겨야 한다는 말씀을 들으니 저 역시 부끄러워지고, 더욱 새롭게 스스로 단련하며 글쓰기를 시작해야 한다는생각이 듭니다. 출판시장에서는 자꾸 '요새 독자들이 책을 안 읽는다'고 걱정하는 분위기가 많아서 저도 모르게 그 분위기에 동화되었던 것은 아닌가 싶어요. 하지만 요새 세계문학 전집 열풍도 다시 불고 있고, 여전히 문학 독자들이 건재하다는 생각이 들어요.

출판사의 입장에서 '얼마나 더 팔 것인가'가 아니라 '어떻게 문학작품을 우리 삶 속에서 새로운 에너지로 변환시킬 것인가'를 더욱 구체적으로 고민할 시기가 아닌가 싶기도 해요. 저는 이런 작업이 분명히 '민주주의 자체의 민주화'에도 기여할 것이라고 봅니다. 문학작품을 읽고 싶다는 욕망은 '타인의 삶'에 대한 적극적인 관심이고, 타인의 관점에서 세상을 바라보는 방법을 배운다는 것은 곧 민주주의의 이상과도 깊게 관련되는 것이니까요.

황광수 우리는 문학작품을 사랑하는 독자들에 대한 책임이 있어. 그리고 당연히 문학은 민주주의와 관련이 깊지. 문학과 민주주의는 공통으로 '삶의 내적 동기'를 문제 삼지. 결국 인간이 살면서 자기 삶의 내적 동기를 상실해버리면 진정한 의미의 삶이 될 수 없으니까. 민주주의 하면 흔히 그리스 민주주의를 떠올리지만, 당시 노예가 인구의 오십 퍼센트를 넘는 상태에서 '선택된 자들의 민주

'비평을 누가 읽겠냐'고 절망하는 것은 문제를 외부에다 두는 것이지. 모든 글쓰기는 누군가 내 글을 읽는다는 것을 전제로 하고 시작되니까. 글을 쓰는 순간 잠재 독자가 생기는 거지.

주의'는 진정한 민주주의가 아니었지. 근대 민주주의, 의회 민주주의 이런 것도 마찬가지야.

민주주의 앞에 뭔가 수식어가 있으면 진정한 민주주의가 아니지. 현재 한국사회에서는 의회 민주주의가 가장 지배적이고 의회 민주주의를 넘어선 민주주의는 현실적으로 존재하지 않으니까. 의회 제도와 시장 체제라는 것이 제휴해서 결과적으로 자본가에게 봉사하는 시스템을 갖추게 된 거고. 그 속에서 개인이 누리는 자유라는 것은 결국 소비의 자유로 귀착歸着되고 말아요. 꼭 돈을 주고 무엇을 산다는 행위뿐 아니라 엄청나게 범람하는 이 정보의 홍수 속에서 각자가 '나는 누구인가'라는 질문을 하기도 전에 자본의 흐름 속에 휩쓸려버리고 스스로 몸담은 국가의 시스템이 어떤 것인지 성찰할 만한 기회를 얻지 못하는 것이지.

정여울 그런 의미에서 진정한 민주주의는 아직 한 번도 실현된 적이 없는 것이겠죠. 민주주의는 현실 자체라기보다는 끊임없이 우리가 포기하지 않고 지향해야 할 이상이라는 생각이 듭니다. 비록 현실에서는 존재하지 않더라도 그 민주주의라는 이상이 없다면 우리는 더 불행해지지 않을까 싶어요.

황광수 피카소의 그림 중에 〈한국에서의 학살Massacre in Korea〉이라는 그림이 있지. 어린아이와 임신을 한 여성들이 발가벗은 모습으로 공포에 떨면서 서 있고 미군들이 기관총을 들고 서 있는 그림이야. 이 그림이 한국과 미국의 관계를 증언하는 것이지요. 미국은 아직도 전쟁을 통해서 유지되는 국가예요. 전쟁국가 미국은 무기산업에 종사하는 사람들의 이익을 위해 봉사하고 있는 셈이지. 냉전이 끝났다고 하지만 냉전 이후에도 미국은 지금까지 하루도 전쟁을 쉬어본 적이 없는 나라야. 이라크, 아프가니스탄, 이제는 시리아까지, 셀 수 없이 많은 나라에서 무기산업으로 돈을 벌어왔지.

문제는 한국 또한 그 전쟁국가 미국의 자장에서 자유로울 수 없다는 거고. 현 상황에서는 한국의 민주주의도 '국가'의 현실적인 상태와 분리시켜 생각할 수 없는 단계에 도달한 것이 아닌가 싶어. 현실의 민주주의는 국가에서 자유로울 수 없지만, 민주주의라는 것이 일종의 버릴 수 없는 이상으로서, 우리가 끊임없이 추구해야 하는 진실이나 진리처럼, 포기하지 않고 노력해야 하는 하나의 민주주의는 현실 자체라기보다는 끊임없이 우리가 포기하지 않고 지향해야 할 이상이라는 생각이 듭니다. 비록 현실에서는 존재하지 않더라도 그 민주주의라는 이상이 없다면 우리는 더 불행해지지 않을까 싶어요.

이상적 삶의 형태로 봐야 하지 않을까. 문학은 아직 한 번도 제대로 실현된 적이 없는 민주주의에 대해서도 이야기할 수 있어야 한다고 봐요. 문학은 아직 존재하지 않는 것을 사유할 수 있는 권리와 힘을 동시에 부여받았으니까.

정여울 토마스 모어의《유토피아》가 바로 그런 '존재하지 않는 이상'을 일종의 문학적 이상의 형태로 구현해낸 작품이 아닐까요. 토마스 모어는《유토피아》가 소설이라고 생각하지 않을지라도, 후대 사람들이 읽을 때는 충분히 '문학적'인 텍스트로 다가오니까요.

황광수 그렇지. 그게 바로 '글쓰기'를 통해서 문학이 되는 게 아니라 '읽기'를 통해서 문학이 되는 경우야. 토마스 모어 자신은 문학이라 생각하지 않았겠지만, 읽는 사람들의 입장에서는 충분히 문학적 저술로 이해될 수 있지. 존재하지 않는 것에 대한 상상을 끌어들이면서 우리가 사는 이 세계를 바꾸어가고 있는 내적 동력을 발휘할 수 있는 것. 이것이 결국 민주주의를 실현시키려고 끊임없이 노력하는 길이고 문학의 힘이기도 해. 인간의 삶의 가치나 질적인 측면에서 볼 때 자발성이라는 내적 동기와 맞물리지 않는 민주주의라는 것은 허상이지. 내가 하는 일에 기쁨을 느끼면서 참여할 때만 인간은 기쁨을 느끼니까. 그것이 바로 민주주의의 내적 기원이 아닐까 싶어.

이 사회를 하나의 유기체로 비유한다면 개개인이 자발적으로 즐거움을 느끼면서 삶을 바꾸고자 하는 방향으로 끊임없이 나아가는 욕망, 이것이 민주주의의 기원이 아닐까. 현재처럼 자본가의 이익을 대표하는 대리자들로서의 정치가들의 행위, 그런 사람들의 영토에는 민주주의는 존재할 수 없지. 이 억압적인 시스템을 개인의 자발성으로 하나하나 바꿔가는 것이 진보가 아닐까. 우리 개개인의 행위를 통해 조금씩 민주주의를 매 순간 만들어가고 있다는 생각을 하면 희망이 있다고 봐요. 무조건 '일베' 식으로 비난하고 야유하고 휩쓸어버릴 것이 아니라. 민주적인 가치라는 것은 결국 자발성의 동력을 사회적 차원에서 활성화하는 것이 아닌가.

문학이 역사를 이기는 순간

정여울 인간 개개인의 자발성을 공동체의 차원에서 활성화하는 것, 그 길 위에서 문학은 어떤 역할을 할 수 있을까요.

황광수 문학이 역사를 이기는 순간이 있어. 문학적인 글쓰기가 역사학자의 글쓰기를 뛰어넘는 순간이지. 예전에 로베르트 야우스°가 역사소설과 역사책을 비교한 적이 있어. 같은 시기의 같은 역사적 상황을 가지고 소설가는 '삶의 층위'에서 이야기로 복원한 것이고 역사가는 자신의 '역사관'에 따라서 복원한 것인데, 오히려 당시의 역사를 거의 오류 없이 생생하게 보여준 것은 소설가가 쓴 역사소설이었고, 역사학자가 쓴 역사책은 오류투성이였다고 해. 눈앞에 주어진 역사적 자료와 역사학자의 역사관만으로 이루어진 책은 '삶의 층위', 즉 개개인의 삶에서 무엇이 중요한지를 끊임없이 질문하는 차원이 빠져 있었던 거지.

우리 삶에서도 그런 일들이 많이 일어나. '남겨진 자료들'만 가지고 객관적인 증거라 믿는 것들만으로 판단하

° 한스 로베르트 야우스Hans Robert Jauß. 독일의 문예학자. 대표작으로 《미적 현대와 그 이후》가 있다.

존재하지 않는 것에 대한 상상을 끌어들이면서 우리가 사는 이
세계를 바꾸어가고 있는 내적 동력을 발휘할 수 있는 것. 이것이
결국 민주주의를 실현시키려고 끊임없이 노력하는 길이고 문학
의 힘이기도 해.

려고 하면, 오류가 발생하기 쉽지. 특히 우리에게 남겨진 대부분의 자료들은 지배자들의 입장에서 기록된 것이기 때문에 더욱 그럴 거야. 자료 뒤에 숨겨둔 부분들, 드러나지 않는 부분까지 상상하면서 그것을 이론의 차원이 아니라 삶의 차원에서 복원하는 것이 문학이니까. 문학만이 인간의 자발성을 유도해낼 수 있는 공감과 함께, 객관적 사실과는 무관하게 그래도 실체에 접근하는 서술이 가능한 영역이 아닐까. 문학의 힘은 진실에 접근할 수 있는 가장 포괄적이고 가장 유연하면서도 효과적인 방법이 아닌가 생각해. 문학에 대해 절망은 하더라도 포기할 수는 없는 지점이 바로 여기고.

빅터 프랭클은 《죽음의 수용소에서》에서 정신병을 이렇게 정의하지. 삶의 의미를 찾을 수 없는 정신적 고통, 그것이 정신병이라고. 삶의 의미를 찾을 수 있는 무언가가 하나라도 있다면 그걸 위해 삶을 걸 수 있는 용기가 필요하지 않을까. 작가들이 해야 할 일도 바로 그거라고 생각해요. 삶의 의미를 찾을 수 있는 새로운 길을 찾아주는 것이지. 정말로 문학하는 사람에게는 어마어마한 특권이 있어요. 문학은 허구니까 어떤 이야기도 가능한 거지. 그럼에도 불구하고 허구가 진실을 담고 있다고 인정받으니까. 허구는 이중의 면책특권을 가지는 거야. 허구이니까 무엇이든 허용되는 동시에, 허구를 통해 진리에까지 도달할 수 있으니까. 허구를 통해 진리에 접근하는 방식, 그것이야말로 문학이 가진 최고의 특권이 아닐까.

많은 작가들이 현재에 대한 책임방기의 알리바이를 찾기 위해 먼 과거 속으로 도주하고 있다. 그리고 자신들의 낡은 선택에 새로운 느낌을 덧씌우기 위해 포스트 담론들을 활용하기도 한다. (…) 역사소설의 독자들은 작품 속에 재현된 현실을 통해 자신의 현실을 새롭게 보거나 자신의 내면에 잠복해 있는 과거의 생명적 흐름이 의식의 표층으로 떠오르게 되는 경험을 할 수 있어야 한다. '과거'를 그 자체로 특화된 세계가 아니라 현재와 조응할 수 있는 관계 속에서 드러내는 일은 죽음의 시간 속에 묻혀 있는 과거를 구원하는 일이기도 하다. 〈역사철학테제〉에서 벤야민°이 "과거는 구원을 기다리고 있는 어떤 은밀한 목록을 간직하고 있다"고 말한 것처럼.

_황광수, 《끝없이 열리는 문들》, 자음과모음, 2012

○ 발터 벤야민Walter Benjamin. 독일의 철학자이자 평론가. 대표작으로 《아케이드 프로젝트》,《기술적 복제시대의 예술작품》 등이 있다.

삶의 의미를 찾을 수 있는 무언가가 하나라도 있다면 그걸 위해 삶을 걸 수 있는 용기가 필요하지 않을까. 작가들이 해야 할 일도 바로 그거라고 생각해요. 삶의 의미를 찾을 수 있는 새로운 길을 찾아주는 것이지.

행복한 글쟁이로 누리는
'읽고 쓰는' 자유

어쩌면 우리 세대는 글쓰기와 말하기에 얽힌 민주주의의 문제를 너무 늦게 고민하기 시작했을지도 모른다. 우리는 어렸을 때 이미 민주주의가 앞세대의 투쟁을 통해 성취된 것으로 여겼기 때문이다. 1960년대, 70년대를 거쳐 80년대까지 어느 하나 '조용한 시대'가 없었던 그 모든 시간을 온몸으로 겪어오신 황광수 선생님의 세대에게 이 시대는 모든 자유가 주어진 것처럼 보이지만, 아직 그 무엇도 제대로 해결되지 않은 시대로 보일지도 모른다. 하지만 그토록 다른 시대를 살아온 우리가 전적으로 동의하는 지점이 있다. 지금 우리가 글쟁이로서 누리고 있는 이 자유가 정말로 소중한 축복이라는 사실이다. 그 자유의 소중함을 낭비하지 않는 것, 언제 어디서든 우리가 '읽고 쓸 수 있다'는 사실에 감사하고 더 나은 글을 쓰기 위해 분투하는 것 또한 결코 작은 축복이 아니다.

글쓰기와 강의 준비에 파묻혀 바쁘게 지내다가도 나는 가끔 스스로 가장 난처한 질문을 던져보곤 한다. 내가 읽고 쓰고 말하고 듣는 이 모든 것들이 과연 이 세상을 조금이라도 따스하게 만들어 줄 수 있을까. 나의 글쓰기가 더 나은 세상을 향한 아주 작은 발걸음의 시작이 될 수 있을까. 이런 질문은 스스로 끊임없이 괴롭히는 아픈 질문이지만, 그 고통스러운 질문이야말로 나로 하여금 더 나은 글쟁이를 꿈꾸도록 하는 원동력이기도 하다.

가끔 문학평론가는 '구체적으로' 어떤 직업이냐고 묻는 십대 청소년들을 만나면 곤혹스럽다. 추천해주기 좋은 직업은 아니기 때문이다. 고되고 보람도 적으며 남들에게 좋은 소리를 듣기도 어렵다. 하지만 내가 사랑하는 것에 대해 마음껏 글을 쓸 수 있는 자유는 나도 모르게 누리고 있는 너무 커다란 축복이 아닐까. 물론 처음부터 덥석 엄청난 자유가 주어지는 것은 아니지만, 그 '주어지지 않은 자유'의 울타리를 스스로 조금씩 넓혀가는 기쁨이야말로 '내 안의 민주주의'를 확장하는 길이 아닐까. 우리가 누릴 수 있는, 아니 누려야만 하는 그 자유를 위해 크고 작은 싸움을 피하지 않는 것이야말로 오늘날의 글쟁이들이 기꺼이 견뎌야 할 행복한 고통이니까.

3

에세이

'나'의 고통 한가운데,
비로소 '우리'가 있었다

에세이는 문학평론가 황광수가
오랫동안 조금씩 메모해왔던
인생과 문학에 대한 이야기입니다.

어린 형님, 늙은 동생
역사의 아이러니

형은 죽었다. 토벌대의 총에 맞았거나 장티푸스에 걸렸거나 피아골에서 불타 죽었을 것이다. 어떤 이들은 대다수 빨치산이 비행기에서 뿌린 석유에 불타죽었다고도 하고, 또 어떤 이들은 그것이 네이팜이었다고도 했다. 어린 시절 나는 그를 생각하며 겨울에도 양말을 신지 않았다.

혈연은 아픈 것이다. 그것을 가장 참혹하게 가르쳐준 폭력이 나의 가족사이다.

나의 마음속에서 형은 늘 열일곱 살이다. 그는 나이도 먹지 않고 늙지도 않는다. 내 마음속에서 그의 모습은 늘 지리산 속에서 추위와 배고픔에 시달리고 토벌대의 추적에 쫓기고 있는 소년 빨치산이다. 그래도 나는 얼마 전까지 그에게 존댓말을 하곤 했다. 그런데 언제부턴가 나는 그에게 조금씩 반말을 걸게 되었다. 내 마음속에서 일어나고 있는 이러한 변화는 장유유서의 질서조차 시간에 마모될 수밖에 없으며, 그렇게 되는 것이 자연스러운 일이라는 생각으로 이어졌다. 나는 이제 그를 "어린 형님아"라 부르고, 그는 나를 "늙은 동생아"라고 부른다.

아버지에 대한 기억이 전혀 없는 나의 어린 시절, 형은 나에게 어머니보다 지엄한 존재였다. 아마 형은 알게 모르게 아버지의 대리자를 자처했을 것이다. 서울에서 고등학교를 다니고 있었기에 그는 내 기억 속에 서너 장면밖에 등장하지 않는다. 그에 대한 나의 감정은 한마디로 '경외' 그 자체였다. 그는 저녁나절이면 마루 끝에 앉아 대금을 불거나 〈고향 만 리〉를 불렀다. 어쩌면 〈베사메 무초〉도 불렀을 것이다.

어느 날, 그가 마당 가에서 달구새끼들과 놀고 있는 내게 다가오더니 나를 마당 가 조용한 곳으로 데려갔다. 그리고 엄숙한 어조로 입을 열었다.

"철아, 사나이는 말이여 영웅이 되어야 하는 것이여."

'영웅'은 내가 처음 듣는 말이었다. 그래서 물었다.

"영웅이 멋인디?"

한참 뜸을 들이던 형이 입을 열었다.

"으응, 고것은 말이여, 달려가다가 넘어져서 코가 깨져도 울지도 않고 일어서는 것이여."

그의 설명은 요령부득이었지만, 나는 그 말이 뜻하는

바를 어렴풋이나마 짐작할 수 있었다.

전쟁이 터졌고, 우리 고향에도 인민군이 들어왔다가 나간 후, 좌파에 대한 대대적인 살육이 이어졌다. 우리는 처지기 비슷한 다른 가족과 함께 한밤중에 배를 타고 해남으로 건너갔다. 그리고 강진으로 가는 산길을 걸었다.

어느 산길 모퉁이에서 형이 불쑥 나타났다. 형은 어머니와 소곤소곤 이야기하고 나서 내게 등을 돌리고 업히라고 말했다. 나는 한사코 거부했다. 나는 그 먼 피난길에도 한 번도 업히지 않았다. 오줌이 마려울 때면 일행이 기다리지 않도록 앞으로 멀찍이 달려가 오줌을 누고 일행과 합류하곤 했다. 나는 '영웅'이었으니까.

그런데 형이 강제로 나를 업어버렸다. 내 마음속에서 아프고 서럽게 '영웅'이 깨져버렸다. 나는 마음속으로 형을 원망하며 되뇌었다. '지가 영웅이 되라고 해놓고, 지가 영웅이 되라고 해놓고…' 나는 형이 무척 원망스러웠다. 형은 한동안 걷다가 나를 내려놓고, 어머니와 몇 마디 주고받은 후 우리와 작별했다. 형은 산길을 계속 걸었고, 우리는 마을로 내려갔다. 그 후 우리는 형에 관해서는 소식한 번 듣지 못했다.

호적에 오르지 못한 이름°

나에게는 호적에 오르지 못한 이름이 있다!

중학교에 들어가자 호적등본을 떼어오라 했다. 호적을 들여다본 우리 식구들은 소스라치게 놀랐다. 거기에는 처음 보는 이름이 내가 있어야 할 자리를 차지하고 있었다. 광수光穗! 생년월일도 양력으로 등재되어 있었다. 그러나 가족들의 당혹은 금세 진짜 이름과 진짜 생일을 감추어둔 저세상의 아버지에 대한 존경의 염으로 바뀌었고, 나에게도 진짜 이름과 생일을 찾았다는 기쁨이 일었다.

그 후 나는 더 이상 '철'이라는 외자로 불리지 않게 되었다.

생의 한 바퀴가 돌고 환갑에 이르자 호적에 오르지 못

○ 황광수 선생님은 독립운동가였던 아버지 황동윤 님과 소년 빨치산이었던 큰형 황우민 님에 대한 그리움을 자주 표현했다. 진짜 이름과 진짜 생일을 숨기고 살았던 선생님의 어린 시절 이야기는, 혹시 가족사의 트라우마가 선생님의 인생에 그늘을 드리울까 염려했던 아버지 황동윤 님의 속 깊은 배려 때문이었을 것이다.

한 이름으로 살 수 있었을 딴 생애가 그리워지기 시작했다. 나는 아무도 모르게 그 이름으로 남은 날들을 살아보고 싶어졌다.

세 사람의 관객°

관객 1 아버지 세상에서 가장 유명한 비평가가 될 생각은 하지 말아라. 그냥 좋은 평론가이면 된다. 문학이 정치일 수 있는 층위를 놓치지 말아라.

관객 2 형 "사나이는 영웅이 되어야 하는 것이여." 나도 잊어버린 이 말을 기억해줘서 고맙다. 나는 그렇게 살려고 온몸을 내던졌고, 그래서 고등학생 나이에 이쪽으로 건너올 수밖에 없었다. 니가 다섯 살이었을 때, 물었지. "영웅이 뭔디?" 그때 난 좀 당황했었지. 막상 '영웅'이란 말을 해놓고, 그 뜻을 다섯 살짜리 아이에게 설명하려니 난감했다. 그래서 이렇게 말했지. "응, 고건 말이여, 달려가다가 넘어져서 코가 깨져도 울지 않고 일어서는 것이

○ 황광수 선생님은 돌아가신 아버지, 어머니, 형님께서 항상 자신을 바라보고 있는 느낌이 든다고 말씀하셨다. 선생님의 삶에서 늘 보이지 않는, 따스한 관객이셨던 세 분에 대한 이야기이다.

여." 그때 넌, 좀 미심쩍어하는 눈초리로 가만히 있다가, 고개만 조금 끄덕였지. 지금 생각해보니, '영웅'이란 해야 할 일을 하는 사람이야. 물론, 하지 말아야 할 일을 하지 않는 것도 포함되겠지. 난 너무 과도하게 던져버렸어, 나 자신을 말이야. 그땐, 그 나이엔 그럴 수밖에 없었지만. 니가 아버지와 내 몫까지 살아주려 해서 고맙다. 그런데, 조금 섭섭한 건 니 삶이 자본주의에 너무 찌들어 있다는 거야. 니가, 따라가지 않아도 될 것까지 따라갈 때에는 조바심이 났다. 저러면 안 되는데, 하고.

관객 3 어머니 난 니가 건강하기만 바란다. 넌 우리가 지켜보는 영화의 주인공이니까. 그리고 그 영화가 빨리 끝나지 않기만 바라니까. 니 새끼들에 대해서는 상심하지 말거라. 사는 방식은 천차만별이니까. 그래도 한마디만 하자. 한 여자에게 의리를 지키는 일에 너무 집착하지 말거라. 누구나 제 몫의 삶이 있는 것이니, 니가 다 해결해주려고 할 필요가 없다. 내 말은, 니 몫의 일에 좀 더 집중하라는 것이다. 넌 믿을 수 있는 건 너 자신의 노동력뿐이라고 되뇐 적이 많았는데, 요즘엔 그런 생각을 하지 않더구나. 사람을 믿지 말라는 얘기가 아니다. 사람에 대한 의

존심을 버리라는 얘기다. 아무쪼록 건강해야 한다.

'목숨을 건다'는 것

나는 한 번도 목숨을 걸어보지 못했다.

아버지와 형을 죽음으로 몰아간 자들, 또는 그 힘에 대해
목숨을 걸고 대든 적도 없고, 그렇게 하겠다고 을러댄
적도 없다.
그런 사람들, 그런 힘이 있다고, 있었다고,
몇 번 썼을 뿐이다.

둘째가 재미있게 보고 있다는 미드 〈왕좌의 게임〉 한
부분 보았다.
산기슭에 앉아 어린 소녀가 복수해야 할 것들을 하나
하나 호명한다.
곁에 누워 있는 갑옷 입은 사내가 자야 하니까 닥치라
고 말한다.
소녀가 대꾸한다, 그들의 이름을 불러보지 않고서는

잠을 이룰 수 없다고.

"목숨을 건다"고 말하는 자들에게는
자신이 용케도 생환할 것이라는 막연한 믿음이 있을
것이다.
목숨을 걸었다는 사람들은 모두 살아 있고,
죽어서 돌아오지 못한 사람들은 말이 없다.

내가 목숨을 건다면
살아 돌아오지 못할 것이다.

한사코 사는 쪽으로, 그것도 그들이 고안해낸 것들을
즐기면서 사는 쪽으로
머뭇거리며 죽어가는 짓을 지금 당장 멈춰야 한다.

부끄럽지만, 나에게 '목숨 걸기'의 제1항은 그 즐김의
매체들과의 결별이다.
그다음은 위대한 문학작품들이 추구했던 무한성 속으
로 투신이다.
그리고 그것을 내 책임으로 무조건 수용하는 것이다.

바로 지금 목숨을 걸고,

결코 살아 돌아올 수 없는 길로 나서야 한다.

이장 移葬
아버지의 냄새

아버지를 본 기억이 없다.

그런 내가 '아버지' 품속에서 자랐다, 환갑이 넘은 지금
까지.

아버지 돌아가시고 사십 년이 흐른 어느 4월
비에 젖은 동백꽃잎들을 조심조심 밟으며
공동묘지로 올라갔다.

스치기만 해도 촉촉이 젖어드는 습기 속에서
봉분을 걷어냈다.

건빵 부스러기 같은 목관이
뻥 뚫리자
땅속에서 하얀 연기 같은 게 피어올랐다.

피할 새도 없이 콧속으로 스며든

그것은 감초같이 향기로웠다.

사십 년 동안 숙성된

아버지의 냄새.

향긋하고, 조화로운, 이루 말할 데 없이 평화로운.

그 아버지의 냄새에 안기어

내 평생의 고단함을 위로받았다.

잃어버린 완도 사투리

2005년 2월, 나는 어린 시절의 친구 둘을 만났다. 고향인 완도를 떠난 지 오십육 년 만에, 고향에 남아 있던 유일한 친척인 사촌형의 장례식장에서였다. 눈이 꽤 많이 내려 담장 밖 울퉁불퉁한 마당을 하얗게 뒤덮고 있었다. 따뜻한 남쪽의 섬에서, 그것도 2월에, 눈이 깔려 있는 게 신기했다. 우리 일행(누나 두 사람과 여동생)은 울퉁불퉁한 맨땅에 쳐놓은 천막 안의 바닥에 깔아놓은 거적 위에 기우뚱 앉아 소주를 홀짝거리고 있었다.

그때 밖에서 "철아, 철아! 어딨냐? 철이가 왔다는디, 어딨냐?" 하는 소리가 절규처럼 들려왔다. 어린 시절의 내 이름을 부르는 소리에 깜짝 놀란 나는 벌떡 일어서서 밖을 내다보며, "여기, 여기 있다!" 하고, 목청껏 소리를 질렀다. 어린 시절의 두 친구를 천막 안으로 불러들여 마주 앉아 나는 소주를 물처럼 들이키며 친구들의 고향 말에 취했다. 나도 고향 말로 응답했지만, 내 입에서 나온 것은 그들의 말과는 억양이 사뭇 다르다는 것을 내 귀는 금세 알아챘다.

나는 고향 말의 억양을 거의 다 잊어버렸고, 그것을 흉내 내는 것조차 불가능하다는 것을 깨닫고 묘한 열등감과 절망에 빠져들었다. 이십 대 초에 숨어들 듯 조용히 스쳐 지나가며 고향의 풍경이 너무도 달라져버린 것이 너무도 안타까워 제법 비장하게 "그대 다시는 고향에 돌아가지 못하리!"란 구절을 탄식처럼 중얼거렸었는데, 다시 삼십여 년이 지나 찾아온 고향에서 깨달은 것은 정작 달라진 것은 나 자신이라는 사실이었다.

그 순간, 나는 그들과 헤어져 있던 오십육 년의 세월이 고향의 모든 것을 박탈당한 채 '추방당해 있었던' 시간이라는 것을 깨달았다. 그런 감정을 설명해보려고 주절거리다가, 나는 빛나던 그들의 표정과 눈빛이 뜨악해지다가 점점 어두워지는 것을 보며 가슴이 아팠다.

나는 하던 말을 멈추고 소주잔만 기울였다. 그 꼴을 보다 못한 누나가 입을 열었다. "광수야, 그거 물 아니야. 술이야, 술."

고향 말의 특이한 억양은 분명 기표記標가 아니다. 그렇다고 기표가 아니라고 단언할 수도 없다. 그것은 아무

래도 기표와 기의記意 사이의 심연 같다. 인간의 힘으로는
도저히 건널 수 없는 심연.

빛들의 공작

cluster of light

내 한자 이름 광수光穗를 희망적으로 영역한 것이다.

그런데 이제 creation of light로

부르고 싶다.

요즈음의 내 삶이 무심한 반복 속에서

치매의 경지에 접근하고 있기 때문이다.

습관을 썩은 이빨처럼

빼내버리지 못하는

자괴감을 오물 삼키듯 하는

나 자신을 일으켜 세우려면

어떻게 해야 할까?

빛의 속도로 빠르게,

집중적으로 대상 속으로 침투하는

통찰력을 벼려야 하지 않을까?

사람들은 지혜로운 노년을 말하는데,

나는 왜, 그토록 많은 것을 온축한 노년이어야 마땅한 시기에

빗나간 욕망, 헐벗은 습관에 외곬으로 빠져드는 것일까?

정치의 목적

내 형의 이름은 우민友民,
거기엔 아버지의 정치적 염원이 깃들어 있다.

내 이름은 광수光穗,
정치가 끝난 들판의 풍요로운 풍경을 떠올리며 지은
이름인 듯하다.

정치의 목적은 정치 없는 세상이지만,
언제 그런 시절이 있었던가?

자기 직업의 부조리를
고뇌한 정치가가 있었던가?

고향 유감

놀랍게도 내겐
고향이 없다,
다른 이들의 고향 얘기를 들을 때면
그런 생각이 가슴을 저민다.

나는 고향에서 추방되었다, 아니
야반도주했다, 여섯 살 어린 나이에.
남은 사람들은 도주할 필요가 없었던 사람들,
그들과 함께 고향은 우리 가족이 살 수 없는 곳이 되었다.

족보도 문중에서 파내버렸다는 말을 들은 어느 날
초등학교도 마치지 못한 누나들과 나는,
"그런 건 필요 없어. 그런 것 없어도 살 수 있어."
제법 어른스럽게 말했다.

고향도 그렇게 버려졌다.

스무 살에 잠입한 고향에서
떠날 때의 내 나이쯤 되어 보이는 아이들이
"저 푸른 초원 우에, 그림 같은 집을 짓고…"
노래 부르고 있었다.

그때 내 마음속에서 둔중한 신음소리와 함께
고향은 영영 지워지고 말았다.

제비뽑기

주간님, 차 한 잔 드릴까요?
신입사원이 등 뒤에서 묻는다.

소스라쳐 뒤돌아보니
그녀의 얼굴에 한 가닥 존경심이 어려 있다.

잡스러운 나에게서
하필 '존경'을 찾아냈을까,
잘못 뽑은 제비처럼.

그러나 잘못은,
뽑기 쉬운 자리에 그것을 배치한 나에게 있다.

출판인 이호림

조선시대 세종 조에서
21세기 서울 광화문으로
불시착한 '출판인'

술이 거나해질 때면
그가 너무나도 애호하는 출판인이
'출빤인'으로 발음이 헛나올 때가 많다,
앞니 둘이 빠져 있어서 그렇다.

요즘 전화를 안 받는
그가 어쩐지 자기 어머니의 무덤가를
서성대고 있을 것 같다.

조선시대의 효자인 그는
수많은 지인을 불러 모아

큰잔치를 벌여

무덤 속의 고인을 위로한 적이 있다.

역사의 종말

신현칠° 선생의 전화,

"내가 아흔둘인데, 어눌해서 말도 잘 못합니다."

분절이 명확하지 않은 말을 우물우물, 쉬엄쉬엄 이어가신다.

다소 가쁜 숨소리에는 하고 싶은 말들이 많은 느낌을 주는데,

자신의 어눌함을 자각하는 노인의 마음이 덧씌워져

그분의 발화 의지가 조금 더 흐릿해지는 듯하다.

하나의 생각이 떠오른다.

'아, 나에게 책을 보내주시려 하는구나,《한겨레》 서평에서 읽었던.'

° 평화주의자이자 사회주의자. 대표작으로《변하지 않는 것을 위하여 변하고 있다》가 있다.

"백방으로 전화번호를 찾다가 어떤 게 하나 있어, 한 번 해봤더니,

이 전화가 댁 전화번호군요. 책을 보내드릴까 하는데…"

- 저의 집 주소가 바뀌었습니다.

내 말을 못 알아듣고 "네?, 네?"만 되풀이하신다.

목청을 높여 다시 말한다.

- 저 이사했습니다.

"내 마누라 바꿔주겠습니다."

선생 부인의 목소리와 청력은 좋았다. 그분에게 주소를 말해주었다.

그리고 다시 전화가 선생께 넘어갔다.

"내가 선생께는 하고 싶은 말이 많은데,

어눌해서 말을 잘할 수가 없습니다.

언제 만나면…. 그런 일이 있을지는 모르지만…"

그런 일이 있을 가능성이 거의 없다는 것,

어쩌면 이승에서의 나와의 대화는 이것으로 끝이라는 것을 알고 계신 듯,

말끝을 흐리신다. 그리고, 작별의 말을 찾는 듯 어물거리신다.

"그럼, 그럼…"

말끝을 맺지 못하신다. 내가 마무리를 서두른다.

－선생님, 그럼, 건강하세요. 안녕히 계십시오.

그렇게, 어눌하게, 역사의 산증인,

언제 다시 만나, 대화를 다시 해볼 수도 없는 그분과의 통화가 끝났다.

가슴이 싸아하게 아파왔다.

한여름인데, 겨울 대숲을 휩쓸며 지나가는 바람소리가 들린다.

세계, 접촉

육체, 그리고 정신.

이 이분법에서 벗어날 수 없다.

아니, 벗어나기가 번거롭고, 벗어난다 해도 벗어난 상태를 유지하면서 살아가는 것은 너무도 번거로울 것이다.

어쨌든 내 육체와 정신이 교감할 수 있는 세계가 존재한다는 것은 얼마나 다행한 일인가!

그리고 그것을 늘 의식한다는 건 삶을 예술의 경지로 드높이는 것. 현산°이 모든 것을 시와 관련지어 생각하지 않은 순간은 없었다고 말한 바로 그런 것이겠지.

이 성실한 교감을 무엇이라 부를 수 있을까!

○   《밤이 선생이다》를 쓴 문학평론가 황현산 선생님이다. 황광수 선생님의 병환을 걱정하셨던 황현산 선생님이 황광수 선생님보다 먼저 세상을 떠났다. 2018년 8월 8일이었으며, 담낭암 투병 중이셨다.

나 또한 현산처럼,

모든 것을 문학과 관련지어 생각하지 않은 순간은 없구나.

내가 문학을 붙잡고 있었던 것이 아니라,

문학이 나를 붙잡아주고 있었던 것은 아닐까.

난 우주로 떠날 거니까

"논리적인 낙관론자가 되어야 한대." 나의 중병 소식을 듣고 현산이 한 말이다.

나는 맞장구쳤다. "내가 그런 사람인데, 그래도 가끔은 수습할 수 없는 심리적 곤경에 빠질 때가 있어."

독한 약 탓인지 늘 머리가 띵하고 무기력하다.

쓰려는 주제에 대해서도 열정이 솟지 않는다. 그럴 때면, 나는 나 자신에게 말한다,

'이제 우주로 떠날 거니까 아직 진화 중인 지구의 민주주의도 눈여겨보아두어야 해.'

그렇게.

그것이 나에게는 삶의 선택이다. 단순한 생명의 유지는 삶이 아니다.

우주 속의 작은 씨앗이 삶의 선택 쪽으로 길을 튼 것은 일차적으로

무생명적 질서 속에 의지적 이변들을 그려넣기 위함이었다, 달팽이의 흔적 같은.

그것은 어쩌면 축복일 것이다, 이것 역시 우주적 이변이다.

그 대신 죽음에 대한 고통 또는 공포를 떠안았다.

'사로잡힘'은 '삶'이 아니다, 성스러운 질서에 사로잡혔을 때에도.

공포에 침식당하지 않을 때에만 삶은 축복이다.

고통과 공포에 사로잡혀 있는 동안은 삶이 아니다.

투병 중인 현산

그가 병원에 있는 동안엔 일주일에 한 번쯤 방문했다.
퇴원 후에는 집으로 한 번 찾아갔다.

그리고 한 달쯤 지났다.
찾아가는 것도 폐가 될 것 같아 참고 있다.
때로는 전화를 해보고 싶었지만 그것 역시 그를 피곤
하게 할 것 같기도 했다.

전화를 하지 못하는 데에는 나 자신의 심리상태도 작
용하고 있다.
내 마음이 밝아야, 맑아야 그에게 그런 느낌을 줄 수
있을 텐데,
내 마음이 칙칙해서 내 목소리를 들으면 그에게도 그
런 느낌이 전해질까 봐 두렵다.

어젯밤에 꿈을 꾸었다.

그의 가족 아니면 친지 한 사람이 유령처럼 불쑥

내 방에 나타나서 그가 자살할 것 같다는 것이었다.

이제는 전화를 해보아야겠다고 생각했지만

그러면 나의 어둠이 그에게 번질까 봐

그만두기로 한다.

원시림, 내가 모르는 것들이 득시글거리는

정환이가 《잃어버린 시간을 찾아서》 원본을 내게 선물했다.°

"아니, 불어도 못 하는데 이런 책을?"

-그러니까 오래 살라는 얘기지.

"오오, 그래?"

그 녀석은 늘 그런 식으로 나를 감동시킨다.

집에 와서 출판 연도를 보니, 정환이가 태어난 해와 똑같았다.

육십사 년 전의 깊은 숲속을 들여다본 듯했다.

° 김정환 시인과 황광수 선생님은 막역한 사이다. 선생님과 함께 유럽에 다녀왔을 때, 김정환 시인이 우리에게 이런 말을 했다. "야, 니들이 두 달 동안 노인네 끌고 다니며 고생시켰다며" 하더니 흐뭇하게 웃으면서 "잘했다. 고맙다, 고마워." 우리는 순간 놀랐지만 이내 웃을 수 있었다. 김정환 시인의 독특한 고마움의 표현이었다. 그날 저녁 홍대의 지하 술집에서 김정환 시인과 황광수 선생님은 문학에 대한 열정적인 토론을 벌였다. 토론이 끝난 후 정여울 작가의 피아노 반주에 맞춰 김정환 시인과 황광수 선생님은 새벽 늦도록 노래를 불렀다.

그 후, 난 중증 암 환자 판정을 받았다.

의사가 선심 쓰듯 말했다. "이것만 아니면 팔십은 넘기실 텐데…"

그리고 칠 개월이 지났다. 여섯 번째 항암주사를 맞고 나자

치유되더라도 생의 의욕을 불태울 대상을 찾기 어려울 것 같았다.

그러던 중 그 책이 떠올랐다.

프루스트에게 이 책은 삶의 이유였다.

그런데 내게는 살아야 할 이유가 되었다.

매일 저녁 식사 후 조금씩, 천천히 읽어가기로 했다.

불어를 배운 다음 그 책을 읽어내는 건 불가능할 테니,

한국어 번역본을 읽은 다음 영어 번역본을 읽고,

그리고 나서 그 책을 소리 내어 읽어보자.

그러자,《잃어버린 시간을 찾아서》가, 내가 모르는 것들이 득시글거리는,

전인미답의 원시림처럼 나를 유혹하기 시작했다.

여보, 이것 좀 해봐

밤낮없이 뒤숭숭하다,
내 머릿속이.

내가 다리를 걸치거나 껴안을 때
죽부인이 내는 소리가 즉각
말소리로 들린다.
다시 들어보면, 뿌지직, 뿌지직,
십 년 넘게 낡은 소리이다.

내가 미쳐가는 걸까,
한밤중에 오줌 누러 일어났다가
든 생각.

온갖 것들이 소용돌이친다, 머릿속에서.
(신약을 쓰고 난 뒤부터 그렇다.)

자리에 누우면 기다렸다는 듯이,

조금은 후회스럽고,

조금은 아픈 기억들이

기다렸다는 듯이 몰려든다.

(그래도 PSA 수치°는 떨어졌다가 다시 높아졌다.)

소용돌이친다, 온갖 파편들이 머릿속에서.

맥락이 없다,

그래서 뒤숭숭하다.

맥락이 없으니,

쉼 없이 대체된다, 다른 잡동사니들로.

그래서 어지럽다.

온갖 기억들이 휩쓸려 사라지면,

텅 비게 되는 걸까, 내 기억창고는?

그럼 타블라 라사tabula rasa?°°

° 전립선암을 판정하고 치료하기 위한 검사. 수치가 떨어지면 회복된다는 의미이다.

°° 라틴어로 '비어 있는 서판'이란 뜻이다. 아무것도 그려져 있지 않은 백지상태를 말한다.

아니야, 그것조차 사라진 무無.

나는 그렇게 백치가 되는 걸까,

죽어가는 걸까?

가만있자,

잠에서 깨기 전 마지막 장면은 뭐였지?

소리였어, 장면도 맥락도 없는.

아, 그래,

"여보, 이것 좀 해봐"였어.

앞뒤 맥락 없이 그 말만 공허하게 울렸어.

일상에서 가끔 듣던 말이었어.

"여보, 이것 좀 해봐."

"응, 뭔데?"

"바늘귀가 안 보여, 실 좀 꿰줘."

"여보, 이것 좀 해봐."

"응, 뭔데?"

"텔레비전이 안 켜져."

여보 이것 좀 해봐…

'인간'의 시대

영웅의 시대는 갔고,

사람들은 저열한 욕망까지도 '인간'의 이름으로 예찬
했다.

나 또한 그랬다.

이제는 영웅이 되라고 말하는 사람은 없다.

어느 날, '팔봉비평문학상' 심사위원 한 분이 내게 전화
를 걸어왔다.

상을 주면 받겠느냐는 질문이었다.

엉겁결에 받겠다고 대답하고 난 후

내내 마음이 무거웠다.

다음 날 나는 그분에게 전화를 걸어 받을 수 없다고 말
했다.

그분이 물었다, "팔봉을 확신범으로 생각하시는군요?"

"그렇습니다."

그분이 말했다, "난 팔봉이 단재보다 인간적이라고 생각합니다."°

그렇게 말하고 나서 두 사람의 특징을 예를 들어가며 설명했다.

"너무 인간적이어서 역사적인 판단을 그르치는 경우도 있지 않을까요, 팔봉처럼."

그렇게 대답하고 난 후에야 마음이 홀가분해졌다.

○   팔봉 김기진과 단재 신채호.

나의 글쓰기

발을 떼어놓을 때마다
오염된 땅을 밟느니

차라리 정신의 절정을 이어가며
손톱으로, 땀으로 맨땅을 일궈가자!

풀 한 포기만이라도
싹트게 하자!

가난

가난이 나를 글 쓰게 한다,
글만 쓰게 한다,
책도 못 사게 하면서.

노동에 치여
건강을 망쳐도
글은 밥을 벌지 못한다.

내 삶의 모순이
독기毒氣를 뿜어낸다.
어제까지의 모든 약속을
파기한다.

사랑은 없고
독소만 남아,

더 이상

사람이 아니다.

고도孤島라는 비유조차

너무 낡았다.

차라리 시간표 기계라고 해두자.

창조보다 늦게 오는 혁명

창조는 백척간두 같은 시간의 부름켜에서 피어난다.

그런 시간을 그리스인들은 카이로스Kairos라 불렀다.

그런 생각은 벤야민의 '예츠트차이트Jetztzeit'°에도 깊이 침투해 있다.

우리는 그런 결단의 순간을 '백척간두진일보'라는
말로 표현한다.

그러나 우리의 삶은 저당잡혀 있기에,

창조의 시간보다 늦게 탈을 벗는다.

혁명의 시간은 창조의 시간이 쌓이고 쌓인 끝에 온다.

○ 황광수 선생님은 자신의 평론집 《끝없이 열리는 문들》에서 독일어 Jetztzeit를 이렇게 설명했다. '현재시간Jetztzeit은 우주의 역사까지 포함하는 광대한 경험적·비경험적 느낌·의미·내용을 함축하는 매우 뜻깊은 개념이다.'

감수성의 위상

감수성은 모든 생명적 존재의 개별적 특수성에서 싹
텄다,

따라서 그 존재들의 속성은 바로 그 특수성을 일컬었고,

자신의 특수성을 갉아먹는 외부의 적들을

빠르게 감지하고 경계했다.

예술이 직업이 된 세상에서 감수성은 좀 더 특별한 의
미를 띠게 되었다.

그것은 일상의 더께를 걷어내고 삶의 내밀한 변화를
읽어내는

특별한 능력으로 대접받았기에, 예술가들은

그 특수한 능력을 보호·강화하기 위해

자기 내면을 들여다보는 데 많은 힘을 기울이게 되었다.

예술가들은 대중 속에서도 혼자일 때가 많다.

잡다한 의견의 최대공약수는 닮은꼴들의 집합이기
쉽고,

닮은꼴들의 동질성은 생명의 싹들을 뭉개버리고,

진정한 욕망까지 짓밟아버릴 때가 많으니까.

20세기의 비평가들은 예술가로 불리기를 열망했다.

급기야 한 비평가가 말했다.

"시인이 될 수 없는 사람은 비평가도 될 수 없다."

한 발 물러서서 멀리 보게 하고,

한 발 다가서서 깊이 들여다보게 하는 능력이 존재한
다면,

그것을 무엇이라 불러야 할까?

그것을 감수성이라 불러도 좋을까?

그렇다면 감수성은 미지의 존재에 대한 무한한 이끌림
아닐까?

프랑스, 무지의 숲

'글쓰기는 앎과 무지를 가르고,

그 둘이 서로 꼬리를 물고 이어지는 극단의 지점에서만

시작된다.'

들뢰즈의 이 말은 매혹적이다.°

이런 글쓰기는 '추리소설' 단계를 넘어

'공상과학소설'처럼

무지의 세계로 나선다.

이렇게 말하면 '차이'를 소거하려는 음모가 된다는 것,

이것이 글쓰기에 대한 새로운 정의가 불러일으키는

새로운 문제이다.

° 질 들뢰즈Gilles Deleuze. 프랑스 철학자. 대표 저서로 《안티 오이디푸스》, 《천 개의 고원》, 《차이와 반복》 등이 있다. 이 문장은 《차이와 반복》에 나온다.

이런 글쓰기는 무지의 실감實感을 증대시키면서
무지의 숲이 무한대로 커져가게 한다.

거기에서 빠져나올 수 있는 길들이 새겨진
지도는 없다.

파도타기의 느낌이 살아 있어야 한다

고운기의 시집 《자전거 타고 노래 부르기》에 해설로 쓴 내 글에서 학생들의 숙제처럼 깔깔한 맛이 느껴졌다. 추천사를 쓴 박수연과 나희덕의 글이 지닌 풍요로운 느낌 때문에 더 그랬을 것이다. 나 자신을 용서할 수 없다는 느낌이 끌어올라 정신을 어지럽혔다. 사람의 말을 잃은 구렁이가 되고 싶었다. 세상을 온몸으로 느끼고 표현할 수 있을 때까지 깊은 어둠 속에 있고 싶었다!

나이 탓으로 돌릴 수는 없다! 까마득히 창공으로 치솟아오를 때의 아슬아슬한 느낌, 파도 타는 자의 아슬아슬한 느낌을 음악처럼 즐겨야 한다. 파도를 타며 하늘로 솟아오르는 서퍼들처럼, 중심은 단단하되 가볍게 날아오르는 글을 쓰고 싶다.

내가 좋아하는 노래가 없다°

느닷없이(나는 이 말 대신 '갑자기'를 쓰려다가 포기했다),

내가 정말로 좋아하는 노래는 없다는 걸 깨달았다.

자주 부르던 노래들조차 낯설게 느껴졌다.

팝송들, 오페라 아리아나 서양 노래들, 그리고 사십 대 이후에 부르기 시작한

유행가들, 모두가 다 낯설었다.

그러나 노래들뿐만 아니었다!

내 안에 있는 모든 문화적 소양은 일그러진 역사 속에서 강요된 것들이라는 생각이 들었다.

나는 '진정한 나' 같은 건 없다는 걸 알면서도

'진정한 나'를 찾고 싶다는 생각이 불쑥 들었다.

그것을 위해 모든 허섭스레기 같은 것들은 모두 버려

° 선생님은 〈에델바이스〉와 〈들장미〉를 자주 불렀다. 클래식 음악도 매우 좋아했다. 하지만 몸이 편찮으신 뒤 음악에 대한 열정이 많이 사그라들어버린 것이 아닐까 한다.

도 좋을 것 같았다.

이런 효과는 내가 읽고 있는 《로아나》°와 관련된 것이다.

'자전적 기억'을 상실한 노년의 주인공이 기억을 되찾아가는 것에 관한 소설인데,

자신의 개인적 삶과 관련된 기억은 모두 잊었지만, 그에게는 서구의 문화적 전통에 관련된 기억은 고스란히 남아 있었다.

그와 그의 '나'는 그와 분리되지 않은 채 그대로 있었다.

그러나 나에게는 왜곡된 역사와 관련된 왜곡된, 아니 나와는 근원적 관계가 없는 습득물들만으로 채워진 페르소나뿐이었다.

예술의 진수, 철학의 진수들만으로 채워진 '나'가 진정한 나일 수는 없겠지만,

어차피 '진정한 나'가 있을 수 없는 것이라면, '참다운 인격'만이라도 갖고 싶었다, 새롭게 만들어서라도.

○ 움베르토 에코Umberto Eco의 소설이다.

문학적 진실

바데이 라트너Vaddey Ratner의 장편소설《나는 매일 천국의 조각을 줍는다》,

원제는《*IN THE SHADOW OF THE BANYAN*》.

왕족이 겪는 크메르 루주.

일곱 살 소녀 라미의 감각과 의식은 프놈펜의

찬란하게 아름다운 어느 날 아침부터

그 이후 가족이 겪은 고통스러운 순간들에

밀착되어 있다.

소아마비로 인한 보조기구까지 빼앗기면서도,

라미는 '날개'를 얻는다. 시인이기도 한

라미의 아버지는 딸이 소아마비라는 것을 알았을 때,

이 아이는 걷지는 못해도 '날개'를 갖게 될 것이라고

예언했다. 그 날개는

'문학'이라고 불려도 좋을 만한 것이고,

그들 자신의 삶 자체에서 잉태된다.

우리의 근대문학은 이식移植으로 이해되기도 했지만,

거기에 도사린 치명적인 병폐에 대해서는

치열하게 반성하지 않았다.

이 병폐 가운데 가장 두드러진 것은

자신만의 내용이 없다는 것이다.

그리고 지적 열등감, 모방과 지적 유희를 부추기는

'학식 있는 무지'에 대한 무지,

인문학적 지식 쪼가리들을 허겁지겁 집어삼키는

지적 굶주림 때문에 정작 우리의 '가난'이

무엇인지 알지 못했다.

그리고 무엇보다 '문학'이라는 미신에 사로잡혀,

마리화나 연기가 폐부를 가득 채운 듯

몽롱하게 졸고 있기도 했다/한다.

침을 뱉어라,

구토하라,

눈물이 발등을 적실 때까지!

깊은숨을 내쉬고,
들이키자, 맑은 공기가 폐부에
가득할 때까지.

평범성
비범을 탐하지 말라!

'악의 평범성'°

그것의 발견, 그것을 포획한 언어만으로

한나 아렌트는 충분히 위대하다.

우리가 '감동'이라고 부르는 심리적 현상도

평범하지 않은 것, 이를테면

환상적인 것,

괴기스러운 것,

피 튀기는 폭력에 놀라며 빠져드는 감정과 별로 다르

지 않을 것이다.

그것은 본질적으로 잔인한 감정이다,

잔인할 만큼 이기적인 감정이다.

° 한나 아렌트Hannah Arendt의 책 《예루살렘의 아이히만》에 나오는 용
어이다.

그래서 더 잔혹한 것,

더 끔찍한 것,

더 흉측한 것,

더 환상적인 것, 한마디로 더 감동적인 것을 추구한다.

지옥은 얼마나 평범하지 않은가,

악마는 또 얼마나 평범하지 않은가?

하지만 그런 지옥, 그런 악마는 존재하지 않는다.

우리가 평범을 초과하는 어떤 것에서

진리를 추구하고

의미와 감동을 찾으려 한다면

우리는 영원히 진실에 도달하지 못할 것이다.

평범, 그 일상적 0도에 오래 머물면서

그 무의미와 무감동, 그 무미건조함을 오래오래 견뎌

내며 신경을 곤두세울 수 있는 자만이

한순간 반짝, 실재the real의 편린이나마 발견할 수 있을

것이다.

우리는 행복도 과장하고 불행도 과장한다.

평범한 것을 의미 없는 것으로 여기기 때문이다.

고문실에서 손 씻고 나온 사내도

집에 가면 가족들과 함께 텔레비전을 보고

일요일에는 함께 교회에 간다.

그렇게 살기 위해 그는 고문을 한다.

아니, 고문이 직업이기에 그렇게 살아야 한다.

악당들은 회개하면 성직자가 된다.

그 건너뛰기에 그들 자신조차 속아넘어가지만

우리까지 그들에게 감동해서는 안 된다.

그는 사람으로서 해서는 안 될 짓을 하다가

사람으로서 해서는 안 될 짓을 택한 것이다.

그는 고문인자에서 사기꾼으로 겉모습을 바꿨을 뿐

이다.

자신들이 하는 짓을 성직이라 부르는 자들이

정말 성스러울 수는 없지 않겠는가?

진정한 의미와 감동은

무미건조함을 오래오래 견뎌낸 고통,

오랜 기다림 속에서 발견한 어떤 새로움과

그에 걸맞은 언어를 통해서만 다가올 것이다.

개체個體와 계界

스물다섯 살 먹은 영국 청년이 시베리아 여행을 하다가 순록 떼를 이끌고 다니는 유목민을 만난다. 유목민 할아버지가 멀리서 온 손님을 위해 늙은 순록을 잡는다. 청년은 피 흘리는 순록을 보며 눈물을 흘린다. 노인이 말한다. "생명의 단위는 개체가 아니라 종種이지요. 늙은 순록은 죽고 어린 순록이 태어나 종을 유지시킨답니다." 청년은 눈물을 거두고 노인이 구워준 순록 고기를 맛있게 먹는다.

원시 밀림 속에 기다란 꽃이 있다. 꿀샘에서 꽃잎 끝부분까지 이십 센티미터가 넘는 기다란 통꽃이다. 그러니 가루받이를 하려면 주둥이가 이십 센티미터가 넘는 나비가 존재해야 한다. 찰스 다윈은 그런 나비가 분명히 존재할 것이라고 추정했지만, 실제로 그런 나비가 관측된 적은 없었다. 그러던 중 밤에 커다란 나비가 날아와서 태엽처럼 감긴 기다란 주둥이로 그 꽃의 꿀을 빨아먹고 종적

없이 사라지는 장면이 적외선 카메라에 찍혔다.

팡이실 같은 땅속 식물이 있다. 그 식물은 나무들의 뿌리에 붙어 영양을 빨아먹지만, 영양실조로 죽어가는 나무들을 먹여살리기도 한다. 분배를 존재 이유로 삼는 것처럼 보인다. 그렇게 생태계가 유지된다.

파이돈, 또는 영혼불멸

플라톤의 이데아 계界는 이 세계 앞쪽에 설정해놓은 이상세계이다. 그의 스승 소크라테스는 육체에서 분리된 영혼이 가게 될 또 다른 세계를 설정해놓고, 자신의 영혼이 이데아 계에서 앞서간 현자들이나 여러 신과 실컷 놀고 나서 새싹처럼 새롭게 움틀 육신으로 들어가 또다시 이 세상으로 돌아올 수 있다고 믿었기에, 사약을 마시는 자신을 보며 통곡을 하는 제자들을 꾸짖고, 자신은 그토록 두려움 없이 고상한 모습으로 저세상으로 떠날 수 있었다. 나는 그의 이런 태도에 단 한 번도 감동한 적이 없다. 죽음을 의연하게 받아들이기 위해 또 다른 세계를 설정해놓고 그곳으로 가기 위해 자신의 영혼을 순수하게 유지하려고 간단없이 애지愛知에 매달렸던 그가 가소롭기까지 했다. 이름이 생각나지 않지만, 오스트리아 출신 어느 작가의 〈죽음〉이라는 중편소설의 화자는 폐렴으로 죽어가는 단말마의 고통 속에서 소크라테스의 '위선'

에 저주를 퍼붓는다. 그런데 중병에 덜미를 잡혀 칠십여 년 이끌어온 생이 절대적 단절 앞에 서고 보니, 한 발만 내디디면 절대적 무無 속으로 떨어질 일이 너무도 아찔하게 느껴진다. 그래서 '영혼 불멸'을 요청하는/요청한 사람들의 심정도 이해할 수 있을 것 같다. 하지만 영혼 불멸을 믿지 않는 나는, 나의 육신에서 빠져나간 나의 영혼이 썩어가는 자신의 시체를 보지 않아도 된다는 사실을 크나큰 위안으로 삼을 수밖에 없다. 이것도 변형된 영혼불멸설일까?

일상

    소설가들의 재능 가운데 가장 중요한 것은 일상의 미세한 분위기를 잘 그려내는 것이라고 가끔 생각했다. 우리는 '일상'이라는 말을 흔히 쓰지만, 그 개념을 정의해보라는 말을 듣게 된다면 십중팔구 아무 대답도 할 수 없을 것이다. 그 질문은 누구나의 일상들이야말로 지극히 특수하고 사적인 것이어서 당사자조차 알 수 없는 것인데, 그것을 하나의 보통명사로 여기고, 그러니까 그게 어떤 일반적 현상을 지시하는 것이어서 그 대상을 찾아내기만 하면 '정의'는 손쉽게 이루어질 것이라고 여기기라도 하는 것처럼 내던져지기 때문이다. 어쨌든, 어떤 소설가들은 그토록 애매하고, 모호하고, 대상화될 수 없는 '일상'을 놀랄 만큼 잘 그려낸다. 그런 소설가들의 작품을 읽다보면, 아무것도 없는 허공에 희미한 연기나 냄새 같은 것이 스멀스멀 피어오르다가, 아주 조금씩 어떤 형상들을 갖추어가는 언어적 광경에 놀라게 된다. 그러다가 어느 순간 바늘로 찌르는 듯한 아픔이 아주 사소한, 그런 것이 있었는지조차 기억나지 않는 아주 미미한 일에서 비롯된다는 것을 깨닫고 소스라치게 놀라게 된다. 우리는 때때로 플라톤의 《대화》편에서 이런 종류의 디테일을 발견하며 놀라기도 하고, 또 한편으로는 대화의 단계를 한 발 한 발 밟아가며 '진리'에 도달하려는 소크라테스의 시도들은 거의 어떤 아포리아에 봉착하게 된다는 사실에 놀라게 된다. 그렇지만 그 자신은 철학하는 행위 자체, 영혼을 순수하게 갈무리하여 저세상에서 신들이나 현자들과 놀 수 있는 자격을 얻으려는 부단한 노력을 수행하고 있는 데 만족할지 모른다. 그가 생각하는 그런 진리는 언어적 통념일 뿐이다. 설사 '진리'가 있다 할지라도 그런 것들은 온 세상의 삼라만상에 녹아들어 있기에 철학적 거대 담론이나 범주가 큰 추상적 개념들로는 포착될 수 없을 것이다. 일상적 삶의 진리 또는 진실들은 소설가들이 그리는 미세한 디테일들 속에서 미미하게 감지될 수 있다. 모든 학문이나 지적 활동들은 진리를 드러내거나 감지할 수 있는 그 나름의 독특한 방법들을 가지고 철학이라는 거대 영토에서 벗어났다. 그렇지만 로렌스는 이렇게 써놓은 바 있다. "플라톤의 《대화》편은 기묘하고 작은 소설들novels이다. 나에게는 철학과 픽션이 갈라진 것이 세상에서 가장 애석한 일로 보인다."° 플라톤의 작품들이 철학과 픽션의 결합은 아니지만, 따라서 둘로 나뉠 수 있는 것도 아니지만, 그럼에도 둘로 갈라놓는다면 철학도 픽션도 볼품없이 찌그러져 해체되고 말 것이다. 이제 모든 글쓰기는 더 작은 단위로 나뉠 수 없는 지적 단자單子들을 지니고 있다. 아니, 그 자체가 더는 나뉠 수 없는 단자들이다. 그러니 철학자들이 해야 할 일은 이 단자들 사이의 관계를 재설정하는 일이 될 수도 있다.

○ 로렌스David Herbert Lawrence의 에세이 〈Surgery for the novel-or a bomb〉에서 인용한 것으로 보이며, 출전은 Edward D. McDonald(Editor)의 《Phoenix: The Posthumous Papers of D.H.Lawrence》로 판단된다.

연인들이 한배새끼들처럼 되었을 때°

잭°°이란 사내가 자기 아내 피오나에게 말해,

"언젠가 당신이 내게 말하지 않았어,

결혼생활을 오래 한 부부는 한배새끼들의 조건을 갈망

한다고?

우린 도달했어, 피오나.

내가 당신 오빠가 된 거야. 아늑하고 달콤해, 그리고 난

당신을 사랑해,

하지만 죽어 거꾸러지기 전에, 한 번 크고 열정적인 연

애를 하고 싶어."

부부 사이의 감정이 '사랑'보다는 오누이 사이처럼 무

° 황광수 선생님은 정여울 작가와 함께 이언 매큐언Ian McEwan의 소설
《칠드런 액트*The Children Act*》를 읽으며 사랑과 믿음의 격정이 때로는 인간
을 파괴할 수도 있다고 말했다.
°° 《칠드런 액트》에 나오는 인물.

심해졌을 때,

그때가 바로 다른 사랑을 열정적으로 불태울 때라고,

잭은 주장하고 있다.

(거의 모든 남자들이 그렇다.)

그럼 아내에게 그런 사실을 말하는 잭은

정직한 남자일까?

(이 질문에 답할 수 있는 사람은 피오나뿐이다.)

그녀는 그런 잭을 '무자비하다ruthles'고

느낀다.

집 나간 잭은 한 달도 못 되어 돌아온다.

그 사이 무슨 일이 있었을까?

몰랐던 것을 알게 되었을 것이다,

그리고 시들해졌거나 혐오스러워졌을 것이다.

그렇다면 잭이 지금껏 '사랑'이라 믿어온 것은

무지의 암실에서 피어나는 막연한 갈망이었을까?

그런 걸 사랑이라고 생각했던 걸까?

앎과 사랑은 반비례 관계에 있는 걸까?

앎의 빛 속에 드러나면, 아무것도 아니게 되는 게 '사랑'일까?

'사랑'은 두 사람을 더 나은 관계로 이끌기 위한 유혹적 향기일까?

이를테면 모든 이기적 욕망이 증발해버린

순수이타적 감정이 진짜 사랑 아닐까?

무지의 암실에서 태어나는 '사랑'은

호르몬 분비의 생리적 효과,

그것에 대한 낭만적 포장이 아닐까?

처음 겪는 소년에게 그건

알 수 없는 향기,

또는 제어하기 어려운 갈망 아닐까?

사람들은 말할 수 없는 두근거림, 그리움, 열망이 뒤섞인

그 모호한 감정을 그냥 '사랑'이라 부르고,

조금은 자기 것이 아닌 듯한 어색함을 느끼지만,

이내 그 낱말에 익숙해지지.

'사랑'이 무지의 알[卵]에서 깨어나는 것이라면
그 무지의 알을
품은 씨암탉은 어디 있지?

'사랑'이 뭔지 모르는 자들이 사랑을 찬미하지.
그리고 어느 날, 그것이 사라졌다고 놀라며
"사랑이여, 다시 한 번!" 하고 외치지.
그렇게 철들지 못한 한 생이 흘러가지,
그리고 누추하게 끝나지.

언어도단言語道斷

암이 뼈로, 그곳도 세 군데에 흩어져서 재발한 후, 나는 이놈이 생각보다 끈질긴 놈이고, 내가 이길 수 없는 놈이 아닐까 하는 생각이 자주 들었다. 그런데도 나는 자주 죽음을 잊고 살았다. 내가 담대하거나 초연해서가 아니었다. 정신이 몽롱해서 어쩔 수 없이 잠 속으로 빠져들거나 텔레비전 앞에 앉아 있을 때가 많아서였다. 그래도 가끔, 아주 가끔은 죽음을 넘어설 수 있었다. 그럴 때면 육체적 고통과 편리한 망각적 기재들에 의존하지 않고 나 자신의 존재와 마주할 수 있었다. 이를테면, 이런 문장을 만났을 때였다.

What else should we call someone who, along with others of his race, has been stripped of his home and family and identified not as a father, a husband, and individual right, but as the property of another man?

His escape is a search not just for his family but for his confiscated humanity.

자기 종족의 다른 사람들과 더불어, 자신의 가정과 가족을 빼앗기고, 한 사람의 아버지, 남편, 그리고 개인적 권리가 아니라 다른 사람의 소유물로 동일시되는 사람을 우리는 도대체 무엇이라 불러야 할까? 그의 탈출은 단지 가족을 찾기 위한 것만이 아니라 자신의 빼앗긴 인간성을 찾기 위한 것이다.

《허클베리 핀의 모험》의 머리말을 쓴 아자르 나피시 Azar Nafisi°가 "다른 사람의 소유물로 동일시되는 사람"을 뭐라고 부르는지 모를 리 없다. 한 인간존재가 처한 말도 안 되는 상황을 하나의 단어로 쉽게 명명해서는 안 된다는 생각이 든 탓이었으리라. 이런 언어적 상황을 우리는 예로부터 '언어도단言語道斷'이란 말로 표현했다. 하지만 이런 현상에 대해서는 보편적이고 포괄적인 하나의 단어로 싸잡아서 표현하기보다 공들여 묘사하는 것이 진정한

○   이란 테헤란 출신의 영문학자이며 미국 존스홉킨스 대학에서 강의하고 있다. 대표작으로 《테헤란에서 롤리타를 읽다》가 있다. 아자르 나피시는 펭귄클래식 영문판 《허클베리 핀의 모험》의 머리말을 썼다.

의미의 문학적 태도일지 모른다. 이 죽음의 고통에서 잠시나마 벗어나, 나 또한 마지막 인간성을 되찾고 싶다.

잔물결과 황금°

눈부신 잔물결에 취해 있는 눈 속으로
반짝, 황금빛이 뛰어든다
물속으로 얼굴을 밀어넣자
금빛 동그라미 하나 튕겨오른다

'그것 대신 목숨이라도 내어놓을 테냐?'

소스라쳐 돌아보니
사시나무 한 그루
까르르 웃고 있다

○　꿈 밖으로 이어진 느낌은 낯 뜨거운 부끄러움. 맑은 햇살을 눈부시게 튕겨내는 잔물결이 불러일으킨 순수감각이 눈 깜짝할 사이에 금화에 대한 욕망으로 치환되고 말았다는 자의식이 폐부를 헤집었다. 어느 날 꿈속에서 본 이미지가 너무 생생하여 글로 옮겨 적어보았다. '반짝이는 황금빛'이 '금화'가 아니었던 순간, 더욱 순수하고 투명했던 순간의 나로 가끔 돌아가고 싶다. 황광수 주.

뿌우연 매연을 헤집는

두더지 한 마리

눈 속으로 뛰어든다

등 뒤는 칼산지옥이다

잘 보이지 않는 상대와 칼싸움을 했다,
나의 칼은 꺾일 듯 휘청거렸고
나의 몸짓은 서툴렀다.
등 뒤에서 들려오는 소리—
'(검도를) 배워라, 이 년쯤 배우면 쓸 만할 것이다'
'그럴 수는 없지'—
나의 생각은 소리가 되지 못했다,
상대는 보이지 않고 나의 목숨은 촌각에 달려 있었다.

세상에서 사라지고 싶다,
금빛 굴렁쇠를 굴리며.

나의 등 뒤에선 지금도 칼바람 소리가 들린다.

사랑, 가상假想에 매달리기

세상에 모든 것을 내어주고
텅 빈 껍데기로 돌아온 그대
난 그대를 보며, 그대는 나를 보며
빈 곳을 채우려 한다.

그대의 눈동자에 나의 가상이 빛나고
내 눈동자엔 그대의 가상이
거울에 비친 상처럼 어른거린다.

그것을 안다, 알고 있다, 우리는
서로의 눈동자에 비친 자신의 가상을 닮으려고
서로의 몸속으로 깊이깊이 침투하며,
자신에게조차 낯선 비명을 질러댄다는 것을.

시간의 파도, 타기

다시 태어나면 파도타기를 배우겠다.

태양의 입김,
굼틀거리는 대기,
소름 돋는 바다,
밀리는 잔물결들.

주름 잡히며, 겹겹이
굼틀대는 물이랑, 물마루,
그리고 골짜기들이
해변으로 달려간다.

바닷속 땅바닥에 떠밀려
허공으로 솟구치던 능선들이
무너져 거대한 트랙터 삽날들을 빚어내며

대지를 향해 내닫는다.

아슬아슬하게 몸을 가누며
경사면을 미끄러져 내리는 사람들,
허공에 매달린 몸들의 긴장,
온몸을 삼키는 파도!

먼지, 천국

영화가
켜켜이 쌓인 먼지로
삶의 잊힌 시공간을 풍요롭게 드러내듯
일상의 사소한 것들은
삶의 풍요로운 시공간을 마련한다.

천국에서의 첫날을 맞이하듯
뒷동산에 오른다.

스팸 편지함°

나는 그것이 '지저분하다'고 생각하면서

뭔가 감춰둔 것을 들킨 듯 부끄러워진다.

나는 그것을 그냥 지워버리는 일이 없다.

내가 덮어두고 잊어버린 것이 그 안에 있을지도 모르

니까.

그것은 내가 무엇을 하고 싶어 하는지

다 알고 있다는 듯이, 그리고 선심을 베풀 듯이

늘 그 자리에서 나를 기다리고 있다.

나는 어두운 밤거리에서

그것을 본 적이 있는 듯한 기시감에 빠진다.

° 얼마 전 나의 모든 문서와 저장물들을 날려버렸다. 나 자신의 부주의로 인해 랜섬웨어에 걸려든 탓이다. 전문가의 도움을 받아 재생할 생각조차 하지 못했다. 그만큼 내 정신상태가 무기력했다. USB에서 다운받은 이 원고만 남았지만, 이것은 일 년여 전에 저장한 것이다. 그러니 일 년여 동안 쓴 것은 영영 사라져버렸다. 이제 어떤 마음으로 새로운 출발을 모색해야 할까? 황광수 주.

천상천하 유아독존, 삼계개고 아당안지

天上天下 唯我獨尊, 三界皆苦 我當安之

하늘 위 하늘 아래 나 홀로 존귀하다,

세상 모두의 고통을 내가 편안케 해야 한다.

한자 표현들은 압축이 너무 심하다. 그래서 '뜻문자(표
의문자)'가 오히려 뜻을 왜곡하기도 한다. '天上天下 唯我
獨尊천상천하 유아독존'도 그렇다. '我아'가 왜 어떻게 독존케
되었는지 그 과정이 증발해버렸다. 이 문장은 처음부터
'나'를 세계 바깥에 설정하고 있다. 그렇게 모든 것들과의
인연, 왜곡된 관계들의 사슬에서 벗어나 있는 상태가 무
척 기분 좋게 느껴졌던지, '나'는 세상의 모든 고통을 구
제하기로 마음먹는다. 하긴, 고해苦海를 바라보며 저 혼자
열반涅槃에 들 수는 없었을 게다.

나는 그런 생각을 하며 산길을 걷고 있었다. 나는 '나'
의 외부에 '苦고'를 설정하고 싶지 않았다. '我'를 타자의

'苦'를 해결할 존재로 설정한 것 자체가 잘못되었으니까. '苦'는 왜곡된 관계의 다른 이름일 뿐이다. 그러니 '我'까지 포함한 모든 존재가 다 제자리로 돌아가면 모든 뒤틀린 관계 '苦'가 풀릴 것이다. 나는 그런 상태를 '당연當然'이라 부르고 싶었다.

　'자연'은 더 이상 존재하지 않는다지만, 그래도 우리가 '자연'이라고 부르는 것 속에는 '당연'의 그림자가 어른거린다. 그나마 다행이라고 생각하며 걷고 있을 때, 초행이라며 길을 물어온 사람이 있었다. 나는 내가 가는 길을 말하고 그 방향으로 가겠느냐고 물었다. 그 사람이 그러겠노라 대답했다. 우리는 함께 걸었고, 점심도 함께 먹었다. 그리고 가볍게 인사를 나누고 각자의 집으로 돌아갔다. 기분이 썩 괜찮았다.

몽파르나스°

담으로 둘러싸인 드넓은 후원에 죽은 자들의 도시가
있다.

그들의 집들은 아무리 높아도 산 자의 키를 넘지 않는다.

사르트르와 보부아르가 합장된 대리석 묘지도

쏟아지는 참배객들의 눈길 아래 연분홍으로 물들어
있다.

시차時差를 달리한 방문객들이 남겨놓은

꽃다발들(어떤 것들은 벌써 뭉크러져 바닥에 달라붙고 있
다),

○   2014년 황광수 선생님은 파리의 몽파르나스 묘지를 둘러본 후 묘지
앞 어느 식당에서 핏기 머금은 소고기 요리를 드시며 즉석에서 글을 썼다.
바로 이 글이다. 또한 선생님은 '장 폴 사르트르와 시몬 드 보부아르'의 묘
를 보며 혼잣말을 하기도 했다. "참, 멋진 사람들이야." 이 말이 사르트르와
보부아르에게 한 말인지, 아니면 묘비에 무수히 찍힌 참배객들의 '키스 마
크'를 보고 한 말인지, 이제는 확인할 길이 없어 슬프다.

사이사이에 기차표와 비행기표들,
그리고 편지들이 어지러이 놓여 있고,
머리맡 넓은 입석에 음각된 그들의 이름 주위에는
빨간 입술 자국들이 장미 꽃잎들보다 더
가볍고 화려하다.

갓길에 앉아 둘러보니
살아 있는 것은 나무들뿐,
한때 뜨거운 숨결을 뿜어냈던
한때 예뻤던
한때 세상을 전율케 했던 이들이
단단하고 무겁고 차가운,
돌들 속에 갇혀 있다.

날카로운 모서리들 사이로
가녀린 잔가지들을 비틀며 손짓하는
떨기나무 가지들에 매달린
새빨간 꽃들,
새파란 꽃들,
눈송이처럼 차갑게 빛나는 새하얀 꽃들,

그 수많은 절규가
짙은 그늘 속으로 소리 없이 번지고 있다.

살아 있는 것은 나무들뿐,
결코 돌아나갈 수 없는
단단하고 날카롭고 차가운 모서리들을
서늘히 지켜보고 있다.

길 하나 건너면 태양이 작열하는 거리,
나는 그곳 카페에서
프랑스 식 쇠고기 육회를 질겅질겅 씹었다.

이별 같은 건, 생각하지 않습니다

선생님이 "이제 시간이 얼마 안 남은 것 같다"고 털어놓으신 날. 선생님이 암 병동에서 담당 의사를 만나고 돌아온 날이면, 선생님의 목소리에서는 피로와 고통을 넘어선 깊고 쓰디쓴 절망이 묻어 있었다. 나는 아무리 멀리 있어도, 수화기 너머로 선생님의 절망을 읽을 수 있었다. 선생님은 고통을 결코 과장하지 않으시지만, 바로 그렇기 때문에 나는 그 냉정한 상황 묘사가 얼마나 쓰라린 고통으로 우리의 심장을 짓누르고 있는지, 아무런 설명 없이도 알 수 있었다.

"여울아, 우리가 같이 내기로 한 책, 어쩌면 다 쓰지 못할 수도 있을 것 같아. 그냥 다 내려놓고, 이 고통만 사라졌으면 좋겠다."

약속을 못 지키는 걸 결코 참지 못하시는 선생님이, 이런 말을 꺼내놓는 것은 얼마나 고통스러웠을까. 선생님은 음식물을 삼키지 못하셨고, 허리 통증 때문에 눕기도 서기도 앉기도 힘드셨고, 그렇게 좋아하시던 책을 더 이상 읽지 못하실 정도로 쇠약해지셨다. 책을 읽을 수 없다니. 글을 쓸 수 없다니. 내가 제일 두려워하는 두 가지이다. 아마 내게도 언젠가는 다가올 참혹한 고통이다. 선생님은 먼 훗날 언젠가가 아니라 바로 이 순간, 매 순간 그 고통을 견뎌내고 있다.

그런데 선생님의 그 아픈 고백이 내 또 다른 고백의 버튼을 누르고 말았다. 나 또한 정말 하기 힘들었던 말을 털어놓고 말았던 것이다.

"선생님, 책은 어떻게든 제가 알아서 할게요. 아무 걱정 말고, 몸이 나아지는 데만 집중하셔야 해요. 그런데 선생님, 이미 아시겠지만, 그래도 말로 소리 내어 표현하는 것은 그저 머릿속으로 생각만 하는 것과 너무 다른 것 같아요. 그러니 너무 부끄럽지만 그냥 말해버릴게요. 선생님, 여울이가 선생님을, 아주 많이 사랑해요. 아주 많이 힘드실 때도, 도저히 안 되겠다 싶으실 때도, 우리가 함께 만들 책을 생각하시면서, 우리가 함께 느낀 수많은 아름다움을 떠올리시면서, 조금만 더 버텨주세요. 제발 버텨주세요." 더 많이, 더 여러 번, 사랑한다고 말하지 못한 것이 후회스럽다고, 그런 말을 꺼내놓기도 전에 눈물샘이 먼저 터져버렸다. 뭐라고 몇 마디 문장을 더 중언부언한 것 같은데, 가슴이 울렁거리고 눈물이 앞을 가려 뭐라고 중얼거렸는지 생각조차 나지 않는다.

그런데 놀랍게도, 항상 감정을 완벽하게 절제하시던 선생님이, 내 말을 들은 지 일 초도 안 되어 마치 반사신경의 작용처럼 이렇게 대답하시는 것이었다.

"그래, 여울아. 나도 무지하게 사랑해."

마치 어린아이를 달래듯, 내가 먼저 떠나가더라도 너무 오래 슬퍼하지 말라는 듯, 선생님은 "사랑해"란 말의 끝자락을 애틋하고도 구슬프게 끌어올리셨다. 나는 어렵게 선생님께 사랑을 고백했지만, 선생님은 나에게 사랑을 표현하는 것이 전혀 어렵지 않았던 것이다. 선생님은 마치 최고의 탁구선수가 평소에 매일 훈련을 하다가 문득 상대편에서 넘어오는 천 번째 공을 무심코 받아내듯이, 내 "사랑한다"는 말에 "무지하게 사랑해"라고 받아주셨다. 나의 '사랑해요'와 선생님의 '무지하게 사랑해'는 마치 처음부터 한 몸이었던 것처럼 어우러져 인어공주의 마지막 물거품처럼 아름답게 공중으로 흩어져버렸다. 그 순간 깨달았다. 평생 내 마음을 알아줄 이를 온 세상을 뒤져 미친 듯이 찾아 헤매었음에도, 다시는 이런 사랑을 찾을 수 없다는 것을. 나는 가족과 연인에게 무척 많이 사랑받은 사람이지만, 내가 원하는 바로 그 빛깔과 깊이와 온도로 나를 사랑해준 사람은 오직 선생님뿐임. 나를 단 한 번도 실망 시킨 적이 없었던 사람, 사랑한다는 이유로 날 괴롭히지 않는 유일한 사람, 내 사랑을 뻔히 안다는 이유로 내 사랑을 교묘하게 이용한 적이 한 번도 없는 사람. 내 사랑을 단 한 순간도 거절하거나 무시한 적이 없었던 사람. 그런 사람은 오직 황광수 선생님뿐임. 남녀간의 사랑, 가족간의 사랑, 친구와의 사랑에는 필연적으로 폭력성과 증오와 원망이 아주 조금이라도 서려 있기 마련인데, 선생님과 나 사이의 사랑에는 그 어떤 사소한 서운함마저도 전혀 존재하지 않았다. 선생님은 내게 가족도 연인도 또래 친구도 아니었지만, 이 세상 사람에게는 구할 수 없는, 아무것도 더 바랄 게 없는 완전한 사랑을 처음으로 주고, 또 주셨던 것이다.

나는 '사랑해'보다도 그 '무지하게'에 놀랐다. 선생님이 날 사랑하시는 건 알았는데, 무지하게 사랑하는 줄은 전혀 몰랐던 것이다. 나는 선생님이 나를 '적당히', '이성적으로' 사랑하신다고 믿었다. 나는 감정적인 사람이고 선생님은 이성적인 사람이라, 선생님의 우아하고 단정한 사랑은 나의 열정적으로 아무렇게나 불타오르는 사랑을 결단코 이길 수 없다고 믿었다. 우리는 가족이 아니고 연인도 아니고 또래 친구도 아니니까. 선생님은 나에게 많은 것을 털어놓으셨지만, 사실 나는 아직 하지 못한 이야기가 무진장 많으니까. 사실 나는 '무지하게' 내성적인 사람이니까. 선생님이 세 시간 이야기하실 동안, 나는 '추임새'로만 존재한 적도 많으니까. 선생님과 내가 함께 앉아 있을 때, 내 듣기와 말하기의 비율은 거의 9대 1이니까. 나는 항상 내 사랑이 훨씬 더 클 거라고만 생각했다. 항상 내가 사랑하는 모든 사람에게 그랬기 때문이다. 내가 사랑하면 그 사랑이 너무 깊고 뜨거워서 모두 두려워했다. 그 사랑에 화들짝 데어서 많은 사람들이 날 멀리했다. 앗, 뜨거워라. 멀리서 볼 때는 우아해보이던 내가 가까이 다가와 보니 너무 뜨겁게 타오른다는 것을 알고, 많은 사람이 나를 미련 없이 버리고 떠나갔다. "네 감정의 온도는 너무 뜨거워서, 보통 사람들이 감당하기 어려워." 내 사랑을 이해하지 못한 사람들은 내게 그런 말을 하며 떠나갔다. 나도 보통 사람일 뿐인데, 왜 자꾸 날더러 너무 뜨겁다, 너무 과하다고 하는 것인지. 그래서 나에게는 퀸의 노래, 〈투 머치 러브 윌 킬유Too much love will kil you〉가 매번 가슴 시리도록, 처절하게 내 이야기 같다. 젠장, 완전 내 이야기잖아. 나는 항상 투 머치, 너무 많이 사랑해서 망한다. 너무 뜨겁게 다 주고 싶어 해서, 맹추같이 다 들켜버린다. 밀당 같은 건 꿈도 꾸지 못한다. 처음부터 다 들켜버린다. 그래서 나는 내 사랑을 저주했다. 차갑게 절제할 줄 모르는, 병신처럼 퍼주기만 하는 멍청한 사랑이라고. 나는 사랑의 게임에서 항상 상대보다 더 많이 그를 사랑하다가 처참하게 패배했다. 특히 친구와의 우정이나 연인과의 사랑에서 그랬다. 사랑받는 것보다도 항상 더 많이 내 쪽에서 사랑한 바람에, 내 사랑의 시소는 항상 내 쪽으로 너무 많이 기울어져 있었다. 그래서 나는 사랑할 때마다 더 외로워졌다. 사랑하면 사랑할수록, 나는 비참해졌다. 내가 분명히 더 많이 사랑한다고, 항상 내 쪽에서 발사되는 사랑의 화살은 저쪽에서 내게로 날아오는 사랑의 화살보다 강력하다며, 어리광을 부렸기에.

하지만 단 일 초 동안의 시간, 선생님이 나에게 "무지하게 사랑해"라고 해맑게, 온 힘을 다해 말씀하시곤, 미련 없이 툭, 통화음이 끊어지던 그 순간. 그 '무지하게'라는 단어의 울림이 무진장의 넓이로 확장되는 느낌이었다. 원래는 '무지하게'란 '끝없이, 지나치게'라는 뉘앙스이지만 내게는 그 순간 '무지하게'가 '무지無知'로 들려서 더욱 아름다웠다. 왜 사랑하는지 알 수 없을 정도로, 얼마나 사랑하는지 알 수 없을 정도로, 나를 사랑한다는 말로 들려서 더욱 아름다웠다. 사실 내 마음이 그랬으니까. 이제야 제대로 고백할 수 있을 것 같다. 선생님, 제가 얼마나 선생님을 사랑하는지 저도 모를 정도예요. 그러니 선생님이 저를 얼마나 사랑하시는지는 저도 모르는 게 분명해요. 하지만 더욱 분명한 건, 우리는 서로를 아무런 계산 없이 사랑한다는 거예요. 가족처럼 피가 섞이지 않았음에도 불구하고, 커플처럼 서로 더 많이 사랑받고자 안달할 필요도 없이, '내가 너를 사랑하는 것보다 네가 나를 덜 사랑하는 것 같아'라는 초조함 따위는 전혀 필요 없이, 우리는 서로를 아무런 꾸밈없이 사랑하잖아요. 그러니 제발, 일어나주세요. 그러니 제발, 아무 일 없었다는 듯, 웃으며 저에게 소주와 순댓국을 사주세요. 저는 맥주와

치킨을 살게요. 그 무엇이든 다 제가 살게요. 그러니 제발, 일어나주세요.

그리하여 나는 이제 이별을 생각하지 않는다. 이별 따위, 작별이나 놓아버림 같은, 그런 무정한 것들은 아예 생각하지 않는다. 우리 사이에 가능한 그 어떤 이별도 생각하지 않는다. 선생님의 그 그렁그렁한 눈빛. 첼로처럼 낮지도 않고 바이올린처럼 높지도 않은, 딱 비올라처럼 미묘하게 적당한 높낮이로 오르내리는 감미로운 목소리. 심각한 이야기를 할 때는 일단 눈썹을 먼저 양 손가락으로 싹 쓸어올리고 양팔의 소매를 매만진 다음, 술상을 한번 꼭 붙드는, 그 익살스러운 몸짓.

내가 신문에 글을 쓸 때마다, 아침 일곱 시쯤에 디지털도 아닌 종이신문으로 한 글자도 빠짐없이 다 읽어내신 다음, 부리나케 아름다운 감상평을 쓰셔서 긴 문자 데이터 메시지로 보내주시는 그 정성스러움. 내가 아마존 킨들로 전자책 사보는 법을 가르쳐드렸더니, 한 달 만에 영어로 된 전자책을 수백 권 구입해버리신, 그 무시무시한 학구열. "이제 돈도 데이터도 남아 있질 않네." 너털웃음을 지으시던 그 푸근함. 한국에 번역되지 않은 영어소설이나 독어책을 늘 끼고 다니시며 내게 그 아름다운 문장을 직접 번역하셔서 들려주시던 경이로운 문장력과 놀라운 외국어 실력. "선생님, 전 불어 못하잖아요, 이걸 어떻게 읽을까요." 엉엉 우는 소리를 하는 나에게, 《잃어버린 시간을 찾아서》불어판을 선물해주시며, 언젠간 꼭 읽을 거야, 믿어 의심치 않는 눈빛을 쏴주시는 그 잔뜩 기대감 부푼 얼굴. 이승원 선생님과 함께 우리 세 사람이 무려 두 달간이나 취재차 유럽 여행을 떠났을 때 음식이 입에 맞지 않아 무려 사 킬로그램이나 빠지셨으면서도 단 하루도 흐트러지거나 힘겨운 모습을 보여준 적이 없었던 그 초인적인 꼿꼿함.

그 모든 찬란한 황광수 특집 퍼레이드를 이 세상에서 다시 볼 수 없는 그 끔찍한 날이 오더라도, 우리 사이에는 '이토록 영원히 무지한 사랑'이 눈부시게 가로놓여 있다. 내 사랑은 무지하다. 그래서 비로소 완전하다. 내 사랑은 계산도 분석도 예측도 불가능하기 때문이다. 나의 이토록 덜떨어진 사랑과 선생님의 그토록 완전한 사랑은 놀랍게도 완벽한 조합을 이루어, 이토록 눈부신 '마지막 왈츠'를 추고 있으니까. 선생님과 함께 마지막 왈츠를 추며,

나는 이제야 비로소 깨닫는다. 절대로 화내지 않는 사랑, 결코 서운하게 만들지 않는 사랑, 단 한 번도 배신하지 않는 사랑의 힘을.

내 등 뒤에서 나를 조용히 토닥이는, 선생님의 따스한 손길,
그 보이지 않는 응원을 분명히 느끼며.
2021년 가을, 정여울.

여울의 마지막 편지

선생님, 그곳은 많이 춥지 않으신가요. 선생님은 추위를 많이 타시는데, 그 차가운 관 안에 선생님을 홀로 내버려두고 돌아서는 것이 너무 가슴 아파서, 돌아오는 전철 안에서 마스크를 쓴 제 양 볼 안쪽으로 자꾸만 눈물이 흘러내렸습니다.

이 상실은, 이 결핍은 결코 무엇으로도 채우지 못하겠지요. 선생님이 한없이 낯선 존재인 저를 아무 조건 없이 사랑해주셨듯이, 제가 먼저 사람들을 이해하고, 돌보고, 보살피겠습니다. 그들이 저를 꼰대라 놀려댈지라도, 그들이 저를 재미없다고 면박을 줄 지라도, 제가 먼저 사랑하고, 제가 먼저 다가가고, 제가 먼저 보듬어 안을게요.

선생님, 이제 고통 없는 곳에서, 굶주림도 슬픔도 원한도 없는 곳에서, 부디 향기로운 꿈을 꾸며 저를 기다려주세요. 제 몫의 사랑과 배움과 노동을 다 마치고, 저도 언젠가 그곳에 가겠습니다. 환하게 웃으며, 제 지친 어깨를 꼭 안아주실 선생님을 생각하며, 오늘의 이 슬픔을, 오늘의 이 고통을 꿋꿋하게 견뎌낼게요.

퉁방울눈의 사내들이 떠난 유럽 여행

이승원(작가, 《마지막 왈츠》 책임편집)

"네 퉁방울눈이 나랑 닮았어!"

처음 만났을 때 선생님이 내게 한 말이다.

"에이, 선생님. 당연하죠. 완도에서 태어난 선생님이나 고흥에서 태어난 저나 남도 출신이잖아요. 생물학적으로 지역적 특성으로 봤을 때 당연하지 않겠어요. 근데 전 제 퉁방울눈을 보면 뭔가 섞인 거 같아요. 지역 특성상 남도는 뭔가 동남아시아랑 섞이지 않았을까요. 하하하."

퉁방울눈 말고도 선생님과 나의 유사점이 하나 더 있었다. 우리 둘 다 여섯 살에 태어난 고향을 떠났다는 것, 아니 떠날 수밖에 없었다는 것.

첫 만남 이후 선생님과는 가끔 만났다. 대부분 무슨 무슨 모임의 뒤풀이 술자리였다. 만나면 만날수록 선생님이 멋져 보였다. 차분한 어투 속에 감춰진 단호함이 좋았다. 어떤 이야기를 할 때도 찰진 비유를 섞어가며 말하는 모습이 멋있었다. 뿐만 아니라 맛깔나게 소주를 마시는 모습과 멋들어지게 담배를 피우는 모습이 좋았다. 그러던 중 선생님과 정여울 작가와 함께 유럽으로 취재 여행을 떠났다. 그 두 달이 선생님과 함께 한 가장 오랜 시간이었다. 여행이 끝나고 인천공항에서 헤어질 때 선생님은 한없이 따사로운 미소를 지으며 이렇게 말했다.

"승원아, 고마워. 정말 고마워. 조만간 또 보자."

그동안 가끔 선생님을 보기는 했으나, 이제 다시는 선생님과 함께 여행을 떠날 수 없다.

그날은 비가 내리고, 춥고, 배가 고팠다. 집 떠나온 지 한 달째였다. 파리의 어느 골목에서 한국식당을 발견했다. 아직 손님을 받기에는 이른 시간이었다. 주인에게 사정을 말하고 식사를 할 수 있겠냐고 정중하게 물었다. 주인은 살짝 귀찮은 표정이었다. 유럽 여행이 처음이신가 봐요, 유럽에서는 브레이크 타임을 정확하게 지켜요, 다른 식당에 가서 이러면 곤란해요, 하지만 오늘은 특별히 봐 드릴게요, 라고 말했다. 브레이크 타임, 나도 모르는 바 아니었다. 하지만 우리 일행은 너무 지쳐 있었다. 식당 밖 창문으로 보니 테이블에 음식들이 차려져 있어서 혹시나 하는 마음에 염치 불고하고 부탁한 것이었다. 테이블에 차려져 있던 음식은 알고 보니 단체 관광객들을 위한 저녁 식사였다.

식당 밖에서 기다리던 선생님과 정 작가에게, 오늘 운이 좋다며 들어오라고 했다. 며칠 전부터 선생님과 정 작가에게 가벼운 몸살기가 있는 것 같았다. 그러나 두 사람은 아무런 내색을 하지 않았다. 이럴 때 따뜻하고 매콤한 한국 음식을 먹으면 여독이 조금은 풀릴 것 같았고, 마침 그때 한국식당이 내 눈앞에 나타났다. 단체 관광객들을 위해 준비한 닭볶음탕을 우리도 주문했다. 닭볶음탕엔 역시 소주다. 선생님께 소주 한잔하시겠냐고 묻자, 선생님은 그걸 뭘 물어보냐고 네 맘대로 하라고 했다. 난 '씨익' 웃으며, 선생님 파리 식당에서는 소주가 조금 비싸요, 괜찮을까요, 라고 물었다. 선생님은 메뉴판에 적힌 소주 가격을 보더니, 음 조금 비싸긴 하구나, 하지만 비싸니까 더 맛있게 먹자, 라며 껄껄 웃으셨다. 닭볶음탕의 매콤하고 칼칼한 맛이 소주와 섞여 우리의 몸을 따뜻하고 개운하게 데웠다. 그날이 처음이자 마지막이었다. 선생님께서 여행 중에 피곤한 기색을 보인 날이.

2014년 여름. 선생님과 정 작가는 셰익스피어와 헤르만 헤세에 관한 여행 에세이를 준비하기 위해, 나는 두 사람의 책에 들어갈 사진을 찍기 위해, 두 달여의 일정으로 유럽으로 떠났다. 처음부터 무리한 계획이었는지 모른다. 정 작가는 선생님과 언제 이렇게 취재 여행을 떠나 보겠냐며, 이번이 어쩌면 처음이자 마지막일지 모른다며, 그동안 자신이 경험하고 즐긴 모든 장소를 선생님께 보여드리고 싶어 했다. 여기에 나도 숟가락을 얹었다. 나도 특별한 이벤트가 있다고, 그때가 되면 말하겠다고.

우리의 취재 여행은 무계획의 계획으로 짜여 있었다. 왕복 항공권과 영국 런던에서의 사흘을 예약해놓은 것을 빼고는 모두 현지에서 결정하기로 했다. 물론 셰익스피어와 헤르만 헤세에 관한 글을 위해 취재할 장소는 모두 결정했지만, 언제 어떻게 그곳으로 이동할 것이며 어디서 숙박을 할 것인지는 공란으로 남겨두었다. 정 작가의 취재 여행은 언제나 그런 방식이었다. 혹시 모를 '우연한 발견의 기쁨'을 위해 입국과 귀국 날짜를 빼곤 아무것도 정해놓지 않는 것, 이것이 정 작가의 여행 방식이었다. 선생님을 이를 잘 모르고 계셨다.

런던에서 며칠을 보내고 셰익스피어의 고향인 스트랫퍼드 어폰 에이번Stratford-upon-Avon을 거쳐 다시 런던으로 돌아와 파리로 향했다. 파리에서 며칠을 머문 후 우리는 네덜란드 암스테르담으로 향했다. 드디어 나의 '빅 이벤트'가 실행될 날이 찾아왔다. 선생님은 이번 여행에서 다른 곳은 몰라도 꼭 덴마크의 '크론보르Kronborg 성'은 꼭 가보고 싶다고 말씀하셨다. 크론보르 성은 셰익스피어의 작품《햄릿》의 배경이 된 성으로 코펜하겐의 북쪽에 위치한 헬싱외르에 있다. 선생님은 자신의 아픈 개인사를 《햄릿》과 겹쳐 읽으신 적이 있다고 말씀하셨고, 그래서 그곳에 꼭 가보고 싶다고 말한 것이었다.

여행은 내가 가고자 하는 장소에 도착하는 것도 중요하지만 내가 가고자 하는 장소를 어떻게 갈 것인가도 중요하다. 나는 여행의 과정을 중시하는 타입이다. 선생님이 그토록 보고 싶어 했던 크론보르 성에 가는 것도 중요하지만 그곳에 어떻게 갈 것인가가 내게는 더 중요했다. 정 작가에게 내 계획을 이야기했다. 정 작가는 처음에는 조금 무리가 아니겠냐며, 시간을 너무 낭비하는 것이 아니겠냐며 주저했으나 이내 내 계획대로 움직이자고 했다. 암스테르담을 떠나기 전날, 나는 내일의 계획을 선생님께 말했다.

"선생님 내일은 아주 특별한 날이 될 거예요. 내일 우리는 단 하루 안에 유럽 삼 개국을 동시에 여행해요."

그러자 선생님은 놀라는 표정으로 물으셨다.

"어떻게, 그게 가능해?"

나는 어깨를 으쓱하며 좁쌀처럼 작고 깃털처럼 가벼운 나의 지식을 선생님께 뽐냈다.

"선생님 유럽은 사실상 국경이 없어요. 이게 다 셍겐조약Schengen Agreement 덕분이에요. 우리가 런던에서 파리로 들어갈 때는 여권 심사니 뭐니 했지만, 유럽의 다른 나라를 이동할 때는 그런 거 없이 그냥 기차 타고 왔다 갔다 할 수 있어요. 그 덕택에 내일은 삼 개국을 한꺼번에 이동할 거예요."

아침이 밝았다. 우리는 암스테르담 중앙역으로 이동했다. 향기로운 커피와 바삭하고 달콤한 크루아상으로 아침을 먹고 독일의 뮌헨으로 가는 기차에 몸을 실었다. 기차 안에서 나는 선생님께, 선생님 멋지죠, 진짜 멋지죠, 하며 쫑알댔고, 선생님은 온화하게 웃으시며, 그래 좋다,

좋아, 세상에 이런 멋진 장면도 있구나, 라고 화답했다. 나는 연이어, 선생님 기차 여행의 꽃은 맥주예요. 우리 맥주 마시며 가요, 라고 말했다. 이른 아침부터 맥주라니. 정 작가가 옆에서 눈을 찡그렸지만 나는 아랑곳하지 않고, 선생님과 맥주를 마셨다. 선생님과 정 작가는 셰익스피어의 《햄릿》에 대한 이런저런 이야기를 나눴다. 나는 늘 그렇듯이 진지한 이야기만 나오면 눈이 스르르 감긴다. 나는 맥주에 취하고, 선생님과 정 작가는 셰익스피어 이야기에 취해, 그렇게 우리들이 함께하는 여행의 기쁨은 커져만 갔다.

눈을 떠 보니 어느덧 독일의 뮌헨에 도착했다. 뮌헨에서 덴마크의 코펜하겐으로 가는 기차로 환승해야 했다. 코펜하겐으로 가는 기차를 타려면 아직 한 시간 삼십 분의 여유가 있었다. 이때 나는 또 으쓱거리며 잘난 척을 했다. 선생님, 역 밖으로 나가면 아주 맛있는 맥줏집이 있어요. 우리 그곳에서 점심 먹어요. 예전에 제가 가 봤는데 정말 좋아요. 이번에도 선생님은, 그래 승원이 하고 싶은 대로 해, 라며 흔쾌히 무거운 여행가방을 이끌고 나를 따라오셨다. 가방을 들어드리고 싶었지만, 우리 모두 저마다 자기만의 무거운 트렁크를 끌고 가고 있었기 때문에 씩씩하게 모두가 자신의 짐을 들었다. 뮌헨 역 근처에 있는 맥줏집에서 우리는 뮌헨의 명물 소시지 '바이스부어스트Weisswurst'를 안주 삼아 '파울라너 바이스비어'를 마셨다. 그리고 나는 말을 덧붙였다.

"선생님, 제가 제일 좋아하는 소시지와 맥주예요. 맛있죠? 환상이죠?"

그러자 선생님은 이렇게 말씀하셨다.

"그래 승원이가 좋아하니까 나도 좋아. 맛있어. 우리 더 즐겁게 여행하자."

선생님은 정 작가에게 이야기할 땐 길고 자세하게 설명을 하고, 나에게 이야기할 땐 간단하고 짧게 이야기한다. 제자별 맞춤 교육인 것 같다. 간단한 점심을 먹고 우리는 코펜하겐 행 기차를 탔다. 뮌헨에서 출발한 기차는 함부르크에 도착했다. 나는 선생님께 이제부터가 이 여행의 진정한 백미라고 말했다. 선생님은, 뭐가 또 있냐고 물었다. 나의 잘난 척 퍼레이드는 여기서 또 시작되었다.

"선생님, 이제 기차가 커다란 배의 뱃속으로 들어갈 거예요. 잘 보세요. 우리가 탄 기차를 싣고 가는 배가 항구에 정박해 있을 거니까요."

그러자 선생님은, 그게 무슨 말이야. 무슨 배가 기차를 싣고 가, 라며 의아해하셨다. 나는 이제 보시면 아세요, 라고 말하며 그냥 웃었다.

함부르크를 출발한 기차가 푸트가르덴Puttgarden에 도착했다. 우리가 탈 페리의 이름은 스칸드라인스Scandlines 였다. 이 페리는 덴마크의 뢰드비Rødby와 독일의 푸트가르덴을 연결하는 연락선이다. 마치 보아 뱀이 코끼리를 삼키듯이 우리가 탄 기차는 페리의 몸통으로 빨려 들어갔다. 잠시 후 안내 방송이 나왔다. 승객들은 모두 기차에서 내려 선상으로 올라오라고, 그곳에 면세점과 식당 등이 있으니 그 시설을 즐기라고. 기차의 불이 하나둘씩 꺼지고 있었다.

우리는 기차에서 내려 몇 층 높이에 있는 페리의 선상으로 올라갔다. 선상에 오르자 코발트 빛을 머금은 발트 해가 펼쳐졌다. 선생님은 '와~~' 하셨다. 선상의 난간에 몸을 기대어 한없이 푸르른 바다를 바라보았다. 멋지다, 멋져. 선생님은 계속 멋지고, 좋다고, 감탄하셨다. 나는 또 실없는 이야기를 했다.

"선생님, 혹시 백 년 전 한국 사람들이 미국에 가려면 어떻게 갔을까요? 시간은 얼마나 걸렸을까요? 힘들기는 하지만 우리는 가두리 양식장 같은 비행기에 갇혀 열 시간 정도만 버티면 유럽에 도착하는데, 백 년 전 사람들은 어떻게 미국에 갔을까요?"

"글쎄다, 넌 알아?"

또 내가 잘난 척을 마음껏 할 수 있는 기회였다.

"선생님, 그게요, 일단 기차를 타야 해요. 남대문 역에서 기차를 타고 부산으로 가는 거죠. 거기서 배를 타고 일본 오사카로 가요. 그다음에 오사카에서 요코하마로 가는 거죠. 여기서 미국 태평양회사의 증기선을 타고 미국 샌프란시스코로 가요. 요코하마에서 샌프란시스코로 가는 데 약 삼 주일 정도 시간이 걸려요. 정말 힘들게 가죠?"

"승원이 넌 그걸 어떻게 알아?"

"선생님, 제가 문학박사잖아요. 하하하. 이인직의 신소설 《혈의 누》에서 주인공 옥련이가 미국에 갈 때 그렇게 가요. 그 소설에 보면 요코하마에서 샌프란시스코까지 약 삼 주일 걸린다는 내용도 나오고요."

"맞아, 우리 승원이가 문학박사였지. 하하하."

선생님과 나의 대화는 언제나 이런 식이었다. 선생님과 정 작가는 문학과 인생에 대한 진지한 이야기를 나누기 일쑤였고, 나는 언제나 문학의 본질이 아닌 문학의 '언저리'만을 이야기했다. 언제가 술자리에서 선생님과 정

작가는 내가 지은 필명을 듣고 크게 웃었다. 문학을 전공했지만 매번 문학의 언저리만 이야기해서 필명을 '언저 Lee'로 짓겠다고.

발트 해를 가로지른 페리가 어느덧 덴마크의 뢰드비에 도착했다. 우리는 다시 페리의 주차장으로 내려가 기차를 탔다. 기차는 페리의 몸통을 비집고 나왔다. 우리가 탄 기차는 천천히, 그리고 힘차게 코펜하겐 중앙역을 향해 질주했다. 코펜하겐에 도착한 후 숙소에 짐을 풀고 근처 중국 요릿집에서 따뜻한 국물 요리를 먹었다. 선생님께 나는 또 한 번 '오만생색'을 내고 싶었다.

"아침은 네덜란드에서, 점심은 독일에서, 저녁은 덴마크에서! 어때요, 선생님?"

"그래, 승원아. 오늘 정말 좋았어!"

선생님은 여행 내내 정 작가와 문학과 철학과 신화와 인생에 대해 이야기했다. 시간이 날 때면 휴대폰으로 사진을 찍었다. 나는 이름을 알 수 없는 꽃과 풀들, 나비와 벌이었다. 선생님은 내겐 그냥 들꽃이고 들풀인 것들의 이름을 하나하나 잘 알았다. 이름을 모르는 꽃이나 풀이 있으면 꼭 메모를 하며 기억해두셨다. 내가 왜 그렇게 열심히 꽃을 찍느냐고 물어보니, 선생님은 웃으며 말씀하신다.

"꽃들은 참 이뻐, 나중에 아내에게 자랑할 거야."

하며 웃으셨다. 선생님은 덧붙여 이런 말도 했다.

"이름 없는 꽃들 같지만, 모두 다 이름이 있어. 의미 없
는 존재는 없거든. 우리가 모를 뿐이야. 관심을 기울이지
않아서 그래."

여행 내내 나는 선생님과 정 작가보다 앞서 걸으며 사
진을 찍었다. 길을 찾아야 했고, 혹시나 모를 일에 대처하
기 위해서였다. 항상 바삐 걷다보니 땀을 뻘뻘 흘리는 일
이 많았다. 어느 날 저녁 식사 시간이었다. 선생님은 내게
선물이라며 옷을 건넸다.

"승원이가 땀을 많이 흘려. 이건 통기성이 좋아. 내가
까끌한 게 싫어서 택을 잘랐는데, 새 옷이야."

선생님이 주신 셔츠는 이번 여행 때 본인이 입으려고
새로 장만한 옷이었다. 선생님은 자신을 위한 새 옷을 아
낌없이 나에게 선물하셨다. 나는 다음날부터 선생님이
주신 옷을 입고 언제나처럼 그들보다 앞서 걸었다. 선생
님과의 여행이 끝난 후에도 나는 선생님이 선물한 옷을
입었다. 평소에는 입지 않았다. 그 옷은 승원이의 '여행용
특별의상'이니까. 선생님이 주신 그 옷은 그 후 내 여행의
동반자가 되었다. 내 여행가방에는 언제나 선생님이 주

신 그 통기성이 좋은 반팔 셔츠가 살포시 담겨 있다.

언제나 진정한 '어른'이셨던 선생님의 따뜻한 마음이 담긴 그 셔츠를 여행가방에 담아 나는 또다시 길을 떠날 것이다.

추신

정여울 작가가 선생님이 매우 위독하시다며, 선생님이 쓰신 미완의 글과 메모를 내게 전해주었다. 《마지막 왈츠》의 편집을 부탁했다. 나는 선생님이 살아 계실 때 이 책을 내고 싶었다. 그것으로 선생님에 대한 나의 마음을 다하려 했다. 선생님의 글과 정여울 작가의 글을 갈무리하여 《마지막 왈츠》의 편집을 끝내고 크레타 출판사의 편집자와 대표를 만났다. 그날이 2021년 9월 29일 오후 열두 시 삼십 분이었다. 출판사 분들과 이야기를 나누던 중 정여울 작가에게 연락이 왔다. 선생님이 영면하셨다고. 허망했다. 조금만 빨랐어도, 조금만 더 빨리 했어도. 우리는 최선을 다했는데, 인간의 힘으로 결코 어쩔 수 없는 것이 있었다.

한참을 멍하니 있다가, 나는 다시 선생님의 원고를 읽었다. 마무리해야 했다. 그리고 2021년 10월 1일, 서울추모공원

에서 선생님을 떠나보내고 집으로 돌아와 선생님과 함께
한 시간을 추억한다. 나의 마음은 언제나 늦게 도착하나보
다. 그래서 아프다.

감사의 말

　나의 소중한 멘토 황광수 선생님과의 마지막 대화를 갈무리한 책이라는 생각 때문에 다급해지고 절박해지고 초조해진 내 마음을, 차분히 어루만져준 사람들이 있었습니다. 어지러이 뒤섞인 초고 원고를 일목요연하게 다듬어 한 권의 책으로 무사히 갈무리해준 편집자 이승원 선생님, 바쁜 일정을 기꺼이 쪼개어 우리들의 '마지막 왈츠'를 아름다운 북디자인으로 구현해주신 홍지연 실장님, 섬세하고 치밀한 손길로 우리 두 사람의 원고를 유려하게 다듬어준 정고은 편집자님, "책을 지금 당장 내야 해요, 선생님께서 편찮으셔서, 한시가 급해요"라는 내 구조 요청에 아무런 조건 없이 흔쾌히 "오케이"를 외쳐준 크레타 출판사의 나영광 대표님께 따스한 감사의 인사를 드립니다. 말기 암 투병으로 인해 목소리가 거의 나오지 않아 의사소통을 제대로 할 수 없는 황광수 선생님을 대신하여, 저와 자주 통화해주시며 출간을 힘차게 응원해주신 조정숙 사모님께 진심으로 감사드립니다.

황광수 선생님의 조카 오석균 선생님께서 들려주신 따스한 옛 시절의 이야기에 큰 감명을 받아 이 책을 완성할 수 있었습니다. 다시 한번 감사드립니다.

마지막 왈츠

제1판 1쇄 인쇄 2021년 11월 9일
제1판 1쇄 발행 2021년 11월 16일

지은이 황광수 정여울
펴낸이 나영광
펴낸곳 크레타
출판등록 제2020-000064호
책임편집 이승원
편집 정고은 김영미
디자인 형태와내용사이

주소 서울시 서대문구 홍제천로6길 32 2층
전자우편 creta0521@naver.com
전화 02-338-1849
팩스 02-6280-1849
포스트 post.naver.com/creta0521
인스타그램 @creta0521
ISBN 979-11-973382-6-7 03810